星神魔女

-許諾＊一生一世-

- Counting on Love 06 -

淚君兒
皇甫世家大小姐。
個性認真堅強，有些固執，
決定目標就永不放棄，夢想是能夠自主人生，
卻隨著年紀增長與命運不可違逆的軌跡而踏上
解開身世之謎的旅程。
「以靈魂宣示，總有一天，她要靠自己的力量，
走出這個華麗的牢籠！
戰天穹
皇甫君兒的保鑣。
因為族人的託孤，以及自身的詛咒，他應徵保鑣，
進入皇甫世家，找出君兒身上的秘密。
「這究竟是巧合，還是命運的安排？
為什麼擁有『星星之眼』的存在會是你託付的對象？」

羅剎

為「白金魔神」所製造，用來保護君兒與新界的完美陣
擁有男女切換的能力。
最喜歡變成正太吃女性豆腐……
「希望君兒能得到幸福，也不枉我困在『滄瀾學院』，
總有批不完的公文！！！」

牧非煙

終焉魔女——力量凝聚體。
因為自身的力量強大，
所以對這世上所有一切抱持著藐視感。
只重視自己認定的人。
「只要能達成目的，
我可以為此做出一些違反道德理念的事情！」

目錄
INDEX

當妳無助的時候就抬頭看看天空吧。
白晝之刻，那柔軟的雲朵代表著所有愛著妳的人對妳的愛。
這份愛帶來耀眼的陽光，讓妳擁有能夠珍惜溫暖的勇氣；
這份愛灑落冰冷的雨水，讓妳擁有能夠面對嚴酷的堅強；
這份愛飄下潔白的落雪，讓妳擁有經歷苦難後仍能挺直腰背的柔韌。

夜晚時分，天上每顆閃動的星星都代表著一個人對妳的祝福。
當妳倍感迷惘時，星星會為妳指引前行的方向；
當妳絕望痛苦時，星星會為妳照亮希望的心燈；
當妳意欲放棄夢想時，星星會為妳喚醒深藏於心的執著火焰。

妳永不孤單。

Chapter 111

等待許久之人

就在戰天穹與君兒重逢以後，僅在戰族駐留了數日，戰天穹便帶著君兒前往聞名遐邇的「滄瀾城」，也就是「滄瀾學院」所在的城市。

儘管之前就有聽聞關於這座城市與學院的消息，可當君兒親自站立於滄瀾城門口前時，那比起戰族大城更加宏偉龐大的符文大門，還是讓她看得有些瞠目結舌。

身為人類守護神「陣神滄瀾」所建立的滄瀾城，至今已有千年，除了是新界一大重點城市以外，滄瀾學院更是培育了不少絕世強者，吸引了不少精英良才前來任教與求學。也因為如此的知名度，更讓各式各樣的組織慕名而來，希冀能夠招攬滄瀾學院的師生。

除此之外，滄瀾城更是建造於一座遠古遺跡之上的傳奇城市。在「陣神滄瀾」的改造下，這座遠古遺跡被改造成號稱新界最巨大的符文防護裝置，擁有能夠守護整顆星球的防禦能力。在新界漫長的歷史中，這座巨大的符文法陣曾經不止一次為人類擋下了來自兩大異族入侵新界的危機。

才剛踏進滄瀾城外城的貿易區，君兒遠遠的便能夠瞧見那位於都城中心，一座高聳入天的白色巨塔。

哪怕距離遙遠，那座巨塔仍舊看得清晰，可以想見巨塔真正的體積有多雄偉。

而自巨塔中段開始，七片流轉著不同光輝、如翼般的能量光翼順著塔身螺旋上升，最後止於巨塔中高段的區域。而在巨塔頂層所在，一圈圈由天藍色符文組合而成的圓環法陣層層交疊，以巨塔為中心向外擴張，覆蓋了整座都城。

法陣的光輝偶爾會自天空中灑落七彩流光，將天空點綴的無比美麗。君兒這才明白了天空時不時閃現的奇異光輝從何而來。

看著天上運作的巨型符文法陣，君兒知道那便是傳說中能夠保護整顆星球的超巨型法陣。學習過符文技巧的她，自然知道要常年維持一個符文法陣的運作，需要符文師極其精細的設計以及大量的能源供給。換句話說，若是符文法陣越大，其設計難度也會成倍增加，就更別提能量的耗損了。

君兒還記得在抵達戰族之前短暫遊歷的那段時間，曾有聽過路人討論關於滄瀾城這座超大型法陣的運行，這才知道原來這座極其龐大的法陣因為「陣神滄瀾」的巧思設計，使之無須耗用能源塊或者是依賴許多人輸入星力維持，而是光靠巨塔身上的七片能量翼，就能自主吸收與凝聚大氣中離散的星力，在維持法陣運行的同時，也讓整座滄瀾城充斥著極其濃郁的星力，間接為滄瀾學院就讀的學生們提供了一處星力充沛的修煉環境。

早有聽聞「陣神滄瀾」在符文技巧上的造詣，然而只有親身經歷才明白「陣神滄瀾」究竟有多

厲害。只是在想起了「陣神滄瀾」的另一個身分以後，君兒心裡對「陣神滄瀾」除了崇拜感之外，頓時浮現了幾分複雜的情緒。

「鬼先生，那位傳說中的人類強者，真的會是我認識的那個人嗎？」君兒輕聲問著，忽然沒了心思繼續欣賞天空的奇異美景。

靈風說過，他和兄長靜刃的前世是受到另一位魔女「牧非煙」的逼迫，所以才簽定了奉獻靈魂的契約，然而「陣神滄瀾」也介入其中參與了這件事。在往後的時間，靈風位於新界的同族因為受到「陣神滄瀾」的庇護與隱藏，才沒有被人知曉任何消息。既然如此，這表示對方一定很清楚靈風身上發生的事情才對。

如果那位「陣神滄瀾」真的是那位曾在她夢裡出現過的「哥哥」，那她又該如何面對這個人？以往總是期待能找到自己的親人，但為什麼在即將要與親人見面重逢時，她反而猶豫起來了？

事實上，在君兒與戰天穹終於傾訴真情以後，兩人早已各自分享了分離這段時間的事情給對方知道。戰天穹的事情並不多，大多時間他都沉睡於內心深處與噬魂進行和談，當然詳細的細節他不打算那麼早就讓君兒知道；而相比戰天穹的簡單幾件事，君兒在星盜團裡的經歷顯得豐富許多。

除去了和靈風的相處以外，君兒也和戰天穹分享了自己過去曾經的夢境，關於前世牧辰星的記憶夢境、還有嬰兒時期一直沒有述盡的那場夢，以及她在星盜生涯最危險的一次經歷——和靈風在碎石帶遭遇了靈風的兄長，也就是另一位身負半份契約的騎士靜刃。

知道君兒因為靈風、靜刃兩兄弟的事情，對知曉並且參與神騎契約一事有關的羅剎心生抗拒，這使得想要早日讓君兒和羅剎見面的戰天穹輕蹙起眉頭來。

他語氣慎重的開口：「如果真如那場我們共同的夢境中所看見的畫面一樣，那麼我可以肯定的告訴妳，妳幼年時夢境裡出現過的那位男孩，便是我所認識的那個人。」

由於身處人來人往的街道上，戰天穹沒有直白說出羅剎的稱號。

他知道君兒迷惘，便緩下嗓音，便開口安慰道：「別忘了我們的約定，有什麼事情我們一起面對。我永遠都在妳身邊。」

邊說，戰天穹同時強忍下想要牽住君兒小手給予安慰的想法，只是用一雙赤色的眼眸望著她。在人前他不敢表現太多，只能用這種方式表現他的關懷與安慰。

君兒浮躁的心情因為這句話奇異的平靜了下來。她明白戰天穹的擔憂，這才甩開負面情緒，堅強微笑。

「好，我們一起面對！」

兩人以步行的方式來到了高掛著滄瀾學院匾額的校園門口，君兒這才收斂了情緒，將注意力放到了校門口處不停來往的、那些穿著制式服裝的人群身上。

幾些年輕的男女各自穿著黑色或白色的制服，這些人們的胸口處繡有一枚滄瀾學院的代表性徽章，彰顯著他們是滄瀾學院的學生身分。

學生來往的校門口，這場景讓她不由得想起了爺爺曾經帶著年幼的她，遠遠的站在某間學校的校門之外，看著穿著制服的學生們上學讀書的記憶。那時候的她，無比嚮往著有朝一日能夠穿上制服、踏入校園……

這似曾相識的場景讓君兒不自覺的停下了腳步，望著人潮怔怔的出神。

戰天穹見君兒止住腳步，也跟著停下腳步。他沒有一絲催促，任由後到的人們繞過他們，排入校門口前校外人士登記室之前的長長人流之中。

而在校門口登記處的另一邊，則設立著一座閃動著符文光輝的小型拱門。學生們在離校或入校時總會拿著一張冰藍色的卡片走過那扇小門，似乎是滄瀾學院師生用來進出學院的特別入口。

久久後才回過神，君兒看著佇立在旁等候她回神的戰天穹，頓時感覺有點尷尬。她一笑，解釋道：「抱歉，一時失神忘了我們要排隊了。」

「沒事。」戰天穹簡單回應。

明白戰天穹的確沒有責怪，君兒這才綻放了笑顏。

由於久未回歸，來往的學生似乎早就忘了戰天穹是誰，儘管戰天穹可以直接使用教官身分的卡片從符文拱門進出，但他已經習慣低調行事，再加上君兒算是校外人士，必須進行登記取得臨時卡片才能通行，他便帶著君兒排到了隊伍的最後方。

校園內許多區域需要卡片才能進入，沒有臨時卡片擅自闖入可是會被學院驅逐的。

安靜的度過一段不算短的排隊時間，終於輪到了他們兩人，負責登記的服務人員公事公辦的要兩人出示入校申請表以及身分資料，以換取臨時入校卡片。

戰天穹在此時拿出一張純黑色、印著暗金色滄瀾學院校徽的卡片，這象徵著學院高等教官的卡片讓原本態度散漫的服務人員正襟危坐了起來。

「教官好！請先讓我確認您的教官身分……」

對方請戰天穹持著卡片刷過一旁的符文儀器，在肯定這是真正的教官卡片以後，便笑容可掬的問道：「教官是要帶親屬進入學院嗎？」

「不，她是我帶回來的特招生。我要帶她去見校長，幫我安排一張能夠通過巨塔區域權限的臨時卡片。」

「好的。」服務人員立即透過光腦系統重新設定臨時卡片的權限，並將卡片交給了戰天穹。

君兒因為「特招生」的身分以及戰天穹的教官身分而無須提供基本資料，便取得了卡片得以進入學院。

雖然服務人員對戰天穹的態度與稱呼惹來不少人關注，但已經踏進校門的戰天穹和君兒，早遠離了身後議論紛紛的人群。

「特招生……」君兒呢喃著這個字詞，心中有幾番愕然、驚訝。她看著戰天穹，懷著六分驚喜、四分猶豫的問道：「鬼先生打算讓我加入滄瀾學院就讀嗎？」

戰天穹望著君兒，嘴邊忍不住浮現一抹淡淡的笑意，點頭表示肯定之意。他早就有此打算，希望可以代替君兒的爺爺實現他們過去未能實現的夢想。

不久後，新界將再度遭遇異族來襲，培養強者勢在必行，儘管戰天穹顧慮到他的出戰可能會導致龍族龍神出征，所以無法輕易出戰，但他卻可以隱藏在人類世界裡，以教官的身分培養強者，默默的為世界盡一份心力。不過，這樣又因此將與君兒分離。

他不想只能牽掛著她，因此在帶君兒來學院與羅剎見面的同時，他便決定要順勢推薦她來此就讀，也方便就近照顧她。

在這裡，羅剎還可以教導君兒符文技巧，君兒能夠藉此更精進她的符文能力；同時，滄瀾學院也有各式各樣天賦卓越的天才，君兒可以接觸到更多樣的人們，開闊視野、見識與星盜團不一樣的學習方式；而身處羅剎的學院防護法陣中，君兒的安全無庸置疑。

「我還記得以前妳說過，讀書是妳和爺爺的夢想吧？所以我相信妳會喜歡上這裡的。」戰天穹不經意的提起了過去君兒在皇甫世家，曾在閒聊時無意間對他提過的期望。儘管當時在皇甫世家中也有進行課程，但那種充滿限制性的環境跟全然開放自由的學院氣氛又完全不同，他知道這才是君兒所嚮往的。

君兒先是一愣，隨後羞澀的露出笑容。「那是我很久以前說過的話了，沒想到鬼先生還記得。」

「妳說的話我都記得。」戰天穹平靜的表示，但言下之意卻不難聽出他對君兒的珍愛與重視。感受到愛人對自己的慎重對待，君兒的臉頰染上了可人紅暈。

兩人不再言語，默默並行前去。

寬敞的路道上有不少學生往來，戰天穹一頭顯眼的赤髮以及其冷漠的氣質，還有君兒罕見的黑髮黑眼，皆惹來不少關注。但投以注目的學生僅僅只是好奇打量，目光卻沒有在他們兩位外來客身上多加駐留，顯然外人來校園內參觀或辦事已是習以為常的情形。

踏進校園，君兒倍感新鮮的四處張望著。

儘管去過了戰族大城，但滄瀾學院又比戰族大城還寬大了無數倍，這讓她更能感覺到自己的渺小以及世界的無限。

如同鄉巴佬進大城市一樣，君兒開始拉著戰天穹問起了一些她不明瞭的事情。而其中一件最讓君兒感興趣的，就是戰天穹過去曾在滄瀾學院擔任指導教官的這件事。

究竟是什麼樣的環境能讓一向冷漠的鬼先生在此駐留腳步？

同時，君兒看見了校園道路上有不少男女學生大方自在的牽手來往，顯然學院並不制止學生自由戀愛，就是不曉得教官與學生之間……

她的目光不經意的落到了戰天穹垂落身側的手。儘管內心渴望戰天穹能像其他熱戀男女一樣牽起她的手表達親密，但她清楚戰天穹不習慣在非獨處時間對她表示親暱——這男人在某種程度上可說是害臊得可以。

但至少他對自己的心無比真誠，所以哪怕在人前他們需要保持一段距離，但在經過漫長的別離以後，現在的君兒只要能看見他就能感覺幸福。

「……謝謝。」想到戰天穹為她做了何其多，君兒只能用這句話來表達她無限的謝意與情意。

「對我不需要說那兩個字。」戰天穹簡短回應，隨後臉色變得嚴肅。「等等見到羅剎的時候，有什麼想問的就盡量問吧。可以的話，我希望妳暫時放下因為靈風而對羅剎產生的敵意……畢竟，我相信他是有理由才會那麼做的。」

「我盡量。」君兒有些勉強的給出回答。

在不知不覺間，戰天穹和君兒兩人已經逐漸接近了巨塔。隨著越接近巨塔，路上開始多出了許多由符文設立的審核關卡。兩人憑著各自的卡片一路前行。

道路寬敞，卻是人煙漸少。有幾位穿著與學生不同款式服裝、身披長斗篷的人，見戰天穹帶著一位年輕女孩進入校內，誤將他們當成了要前往高塔辦事的校外人員，熱心的上前詢問了他們的來意並表明願意提供協助。

對方的熱心親切，讓君兒不由得對滄瀾學院的好感多添了幾分。她下意識的摸了摸自己耳垂上新扣上的精巧耳環，確認耳環有在運作，為她遮掩住眼中的星點。要知道，星界級以上的強者都能夠看見她的眼中繁星，滄瀾學院更是聚集了無數人才的所在地，難保不會有人發現她的眼中異狀。而戰天穹早有預料，在回到戰族的同時也一併為她帶來由羅剎親手製作，能夠遮掩眼底星星的符文耳環。

戰天穹看對方的衣著便知道這位是滄瀾學院的教官，卻不是自己所熟悉認識的人，便簡單的拒絕了對方的好意。

直到對方告別離開之後，君兒才好奇的看了一眼對方那不同於學生的服飾，忍不住好奇的問道：「鬼先生，為什麼之前看到的學生會穿著同款又不同色的衣服？而剛剛那位先生的服裝，似乎又有些不同？」

戰天穹淡聲解釋道：「妳之前看到的那些人，穿著黑色制服的是戰技類組的學生、白色制服的是符文類組的學生，這兩大類組是滄瀾學院的主要課程組別。至於妳剛剛看到的那位……他身上穿的是只有教官資格的人才能穿著的服裝，也只有教官才能夠穿戴長斗篷，這是學校的規定。」

「我了解了。那我之後如果要在學院就學的話，會被分到戰技還是符文類組呢？」君兒不由得有些好奇，她望著戰天穹，就想他之後會如何安排自己。

戰天穹微微一笑，「基本上還是會以戰技類組為主，畢竟符文類組單純來說比較偏文科。能夠使用符文戰鬥的學生，一般都還是區分在戰技類組。」

「這麼說我以後就是戰技類組的學生囉?真期待!」君兒眼神燦亮，開始期待起了之後的學院生活。

戰天穹就是希望君兒能對生活懷抱著正面的期望，哪怕是一點點小小的幸福，相信都能為她最後面對最終時刻的時候，累積創造奇蹟的能量。

兩人你一言、我一語的談論著滄瀾學院的一些制度時，君兒突然微微仰頭望向正前方不遠處的那座白色高塔。從遠處看來，纖細的高塔隨著越發接近，越顯龐大。具有壓迫感的塔身讓人不禁為之讚嘆。

此時四周已是無人，戰天穹這才敢輕輕牽住君兒的手，無言的表示情意。

感覺到戰天穹掌心傳來的溫度，君兒彎起一抹甜甜的笑。

戰天穹牽著君兒的手，來到了塔身底部一扇冰藍色的大門之前。

與先前相同的符文審核關卡再度出現，戰天穹手持黑卡通過了審核，然後關卡顯示出了「稍後片刻」的訊息，並沒有直接打開大門讓他們進入。

「等等會有人來帶領我們，妳先整理一下情緒。」戰天穹緊了緊掌心，提醒君兒預先做好心理

準備。

君兒輕輕點頭，試著平復即將面對某人而浮現的緊張之感。

就要見到那個人了，有些期待卻又有些矛盾複雜的情緒在心裡流竄著……

＊＊＊

另一方面，知道君兒很快就會抵達的羅剎，心情有些浮躁不安。

在他所經歷的時光裡，與嬰兒期的君兒相處的那段時間，是他逐漸有了一個「人」所該有的情感最重要的關鍵時期。

他與常人不同，過往的那些記憶哪怕過了千年之久，如今想起仍如隔日般的清晰。還記得那躺在嬰兒床上白白嫩嫩的小女嬰，那可愛稚嫩的小臉、那雙綴有繁星的天真黑眸、還有那比自己冰涼手心更顯溫暖的小手……

和小女嬰相處的那段時間，他同樣也得到了另一位魔女「牧非煙」的關愛。或許是因為他一開始的形象被設定為小男孩，牧非煙在生下了君兒以後，連帶也對羅剎發揮了母愛。

這讓原本才剛剛誕生不久，只懂得執行命令、不懂得思考的羅剎，漸漸產生了靈智。

那對精靈王無比殘酷的魔女牧非煙，曾經溫柔的懷抱著女兒，對著他說了這麼一句話：「羅剎，這是你妹妹喔，身為哥哥的你要好好保護她。」

當自己有了「哥哥」這個全新的身分，而不是單純的「武器」之時，他感覺自己的存在有了更高層次的意義。

由於君兒是被她的父母親以強大的力量跨越時空送達了這個年代，哪怕對君兒而言，分離好像僅僅只是十來年的事情，但對羅剎來說，卻是別離了已有千年之久。

他鎮守著新界，一直等待著君兒的歸來。

而在闊別了千年以後，他終於等到了……

過去總是嘻皮笑臉的羅剎，此時正扯著秘書小姐的袖子，妖異英俊的表情不太自然。

「雪薇，我有點怕……我不喜歡『害怕』這種感情，那讓我感覺虛弱。」羅剎皺起了眉，苦悶的對著他的得意秘書訴說他此刻的感受。

名喚「雪薇」的秘書就像安慰一個孩子一樣，柔聲說道：「但那位女孩是羅剎大人一直很期待見到的『妹妹』不是嗎？鼓起勇氣面對她吧。」

「是啊，我等待了千年之久的『妹妹』……但我怕她不記得我了……」羅剎苦笑著。

直到光腦系統響起了有人透過通行卡片，申請要進入高塔內部的訊息時，羅剎馬上緊張的自座位上彈起，隨後動作飛快的往辦公室另一頭的休息室衝了進去！

在關上門時他喊道：「再給我十分鐘做心理準備，雪薇妳先招呼他們！」

說完後，他甩門躲進了休息室，看得秘書小姐感到無奈。

雪薇看了辦公室的光腦系統一眼，上頭明確的顯示來訪者之一持有著學院高等教官的身分卡片，另一位則是臨時通行卡……來者正是戰天穹和羅剎一直期待的那個人。

「那麼，羅剎大人，我去迎接他們了。」雪薇微笑，對著躲在休息室裡的羅剎說道，同時起身準備前往迎接等候在高塔外的訪客。

「……嗯。」休息室傳出羅剎有些沉悶的回應。

雪薇第一次見到在她面前表現出緊張情緒的上司，唇畔邊忍不住浮現一抹笑意。

不久後，雪薇抵達了高塔底層，開啟大門。她嘴邊彎起微笑，對門外等候的一對男女微微躬身，說道：「鬼大人、君兒小姐，歡迎，我是羅剎大人的貼身秘書雪薇，請讓我帶你們前往羅剎大人的辦公室，羅剎大人已經等候多時了。」

雪薇對正好奇打量著她的君兒友善一笑，然後先一步進入高塔，等待兩人的進入。

很快就要與那位夢中出現過的哥哥見面了，君兒的心跳忍不住因為緊張而加快了跳動。

戰天穹並沒有鬆開牽著君兒的手，君兒也沒時間思考一向不在外人面前表露親暱的戰天穹為何沒有放開她，而是沉浸在緊張的情緒中，握著他手心的小手不自覺的抓得極緊，就像溺水之人試圖抓住浮木似的，她下意識的靠往戰天穹的方向，試著尋找安全感。

然而，當雪薇進入高塔準備為兩人引領方向時，戰天穹沒有馬上帶著君兒入內，只是靜靜的望著她，等待她平靜心情。

最後，在君兒終於平靜了心情以後，她這時才注意到戰天穹與自己交握的掌心，她目光看了看那位站在前方不遠處正等候著他們的女秘書，多少猜出了或許這位女性也是被戰天穹放在「值得信賴」的位置的人，因此戰天穹才毫不避諱的在這位女性面前牽著她的手。

「走吧。」君兒深吸口氣，挺起胸膛，和戰天穹一起踏入了高塔大門。

她知道，無論發生什麼事，她身邊的男人會無條件的站在她身邊，陪著她面對一切……

Chapter 112

熟悉卻也不熟悉的人

才剛走進高塔，君兒立即感受到了不同之處。原以為滄瀾城內的星力已經非常濃郁，沒想到高塔內部更勝一籌，充沛的星力彷彿被禁箍其中，讓君兒馬上就感覺到體內的星力在躍動歡呼，運行的更加快速了。

迴廊的牆面上閃動著符文光輝，似乎便是高塔能夠凝聚星力的主因。君兒的目光忍不住被那些符文吸引住，她仔細觀察著符文的組合以及排列順序，一時間竟忘了自己身在何方，只是機械式的被戰天穹牽著前行。

「君兒？」

一聲呼喚將君兒的思緒拉回，她在回神時才發現幾人已經來到一間寬敞舒適的辦公室裡頭，戰天穹望著自己，赤眸帶著擔憂。

君兒感覺十分尷尬，她笑著開口解釋道：「抱歉，我看符文看到失神了。」

「……妳最近失神的次數有點多。」戰天穹微微皺起眉心，語氣有些嚴肅。「妳頭痛病的發作時間又快到了，最近要多注意一些，如果有任何不舒服的話要告訴我。」

「好。」君兒輕點頭表示同意，同時開始打量起了這間寬敞的辦公室。

白藍相間的色調，沒有多餘的裝飾，只有辦公需要的桌椅和書櫃，辦公桌上的公文擺放的有些凌亂。

君兒暗自猜想那位「陣神滄瀾」會是什麼樣的人。曾經在她夢中出現的男孩，如今應該也很大了吧？

「鬼大人、君兒小姐，你們請稍坐一下，我去請羅剎大人過來。」秘書小姐有禮的邀請兩人入座，同時為他們端上了熱茶，隨後走至辦公室內的休息室去請羅剎出來。

在等候的時間，君兒好奇的看向辦公室一角的書櫃，起身走了過去。書櫃擺放的全都是與符文有關的書籍，還有更多似乎是親筆手記之類的書冊。礙於這裡是別人的辦公室，君兒哪怕好奇也不敢未經主人允許就擅自翻閱。

然而，戰天穹卻看出了君兒只是試圖用這樣的方式放鬆自己的心情，她雖然對符文書籍有興致，但表現出的卻是心不在焉的模樣。他用精神傳訊對著君兒說道：（以前無論是面對那些總是刁難妳的大小姐，或是和卡爾斯談判，都沒見過妳這麼緊張。別擔心，羅剎本性並不壞，我想他可能比妳更緊張。）

邊說，戰天穹邊望了自雪薇走進之後仍毫無動靜的休息室一眼，隨後搖搖頭，多少猜出了羅剎八成施展了阻隔聲音的符文法陣，正在和雪薇鬧著彆扭不肯出來。

戰天穹的這句話說得君兒臉色臊紅，那是心情被識破的窘迫。她隨後嘆息，說道：（總是瞞不過你呢……過去面對其他大小姐和老大的時候，是因為我並不害怕他們會對我做出的傷害；但是從前我一直期待能找到自己的親人，如今終於找到了其中一位，所以……期待帶來了害怕，讓我有些不安吧。再加上靈風的事情，讓我更不知道該怎麼去面對了……）

哪怕因為靈風的事情讓她對「羅剎」心生抗拒，但誰說她其實不期待見到他呢？這個人關係到了自己的過去，且與自己有著密切關聯……面對即將相見的「哥哥」，說不緊張是騙人的。

（我的期待是我緊張的根源。因為我害怕一切會與我想像的截然不同、會和我過去認定的相差甚遠，所以我才會緊張、才會害怕。）君兒直言坦承自己的心聲，然後坐回戰天穹身邊，輕輕靠在他身旁，不再言語。

（……沒事的。）戰天穹安慰道。

不久後，辦公室休息室的房間打開了。

開門聲讓君兒回過神來，她愣愣的看著那扇打開了的房門，以及從房內走出來的一位男孩。

羅剎讓自己轉換回男孩的型態。那是君兒無比熟悉的，曾經在夢裡見過的「哥哥」的模樣。湛藍色的短髮，金燦色的眼。

他站在休息室的門口，望著戰天穹身邊的女孩，眼神閃過驚訝與欣慰。

「妳……長大了。」他原本在休息室思考了許多見到君兒時要說的話，但等到了真正面對君兒時，卻說出了與他原先想好的說詞截然不同的話語。

相比羅剎的感慨，君兒的情緒卻是愕然多過於一切。

對方那與夢境完全相同的模樣確實讓她感覺熟悉，但他們分離已有頗長時日，為何羅剎的容貌沒有任何變化，還是維持在男孩的模樣？

看著面露驚訝的君兒，知道她大概正為羅剎的男孩樣貌感到不解，這時，戰天穹替羅剎給出了回答：「君兒，羅剎不是人，他擁有能夠自由轉換成年與幼年型態的能力。」

……不是人？

君兒一怔，又更加的感到困惑與不解。

「如果他不是人，那我又是什麼？」想起過去夢境中彼此那種親近之感，母親說他是自己的哥哥，可如今卻得知羅剎並非人類的事實，那她又是什麼樣的存在？

明白君兒的困惑，羅剎輕咳了聲，試圖讓君兒回過神來。他用男孩稚嫩的嗓音說：「我是『陣神滄瀾』的本體意識，也就是妳現在所在的這座防禦法陣巨塔的『靈魂』。可以說，我是純粹從符文中誕生的意識，就如霸鬼所言，我並非人類……我知道妳在困惑什麼，在妳的幼年時期，我曾以兄長的身分與妳相處過一段時間，但可以肯定的是，妳是真正擁有血肉之軀的人類，只不過靈魂卻是魔女的靈魂而已。」

君兒不語，卻是抿起脣來。在羅剎出現以後，她可以感覺那隱藏在精神空間的蝶翼圖騰似乎有了許些變化，那種奇異的共鳴感究竟是……？

羅剎見君兒沉默，便又繼續說了下去：「不過真要說的話，妳其實也真的算是我的『妹妹』……昔日我們的父親先後製作出了兩個號稱世界上最完美的符文法陣，我率先誕生了靈智，而妳則被填進了魔女被剝奪魔女之力後空缺的靈魂之中，從此與魔女的靈魂合而為一。最好的證明便是妳的精神空間中擁有一枚蝶翼圖騰，沒錯吧？那就是我們之間的相同點。」

邊說，羅剎召出了屬於他的圖騰。一枚天藍色的炫麗符文猛的出現在他額心前方，閃動著淡金色的流光，與之同時，君兒的圖騰也不受控制的浮現額前，和羅剎的圖騰發出共鳴的微光來。

當彼此的圖騰出現，那令君兒訝異的共鳴感更深了。看著羅剎額上擁有與自己相類似的圖騰，君兒幾乎是在瞬間肯定了彼此為兄妹的事實。

這讓君兒激動的加快了心跳，心中浮現與親人久別重逢的喜悅。

「或許對妳而言，我們只分離了十幾年，但對我而言，我已在新界等候妳足有千年之久……」羅剎的話語帶上顫音。懷抱著幾分緊張與難以遏止的驚喜，他走上前，想給君兒一個擁抱。

然而，就在他走到距離君兒一尺近的時候，君兒忽然深吸了口氣，轉而雙手環抱胸口，表現出了抗拒的姿態。

「我想知道為什麼你和媽媽當時要逼迫精靈族的王做出出賣靈魂的決定。」

羅剎一怔，張手正欲擁抱的姿態遽然停下。他看著君兒冷淡的態度，感覺有點受傷。他扯出一抹苦笑後，緩緩放下了雙手。

戰天穹在一旁看得清楚，他知道因為靈風兩兄弟的緣故，君兒心裡一直梗著一根尖刺，讓她無法諒解羅剎和魔女牧非煙。

見羅剎對他投以目光，於是戰天穹出聲打破了兩人之間尷尬僵硬的氣氛。

「羅剎，既然你也見到君兒了，我想是時候，你該將事實告訴我們了。」

戰天穹開口便是直切主題，讓羅剎嘆息了聲，說道：「我知道了。」

他看了君兒一眼，轉身坐到君兒兩人對面的沙發上，原本侷促的神情轉為正經嚴肅，只是礙於他此時使用的是男孩的模樣，讓他看起來活像個小大人一樣。

若是平常時間看到這樣衝突的景象，君兒只會覺得有趣，奈何此時的她心情如被石頭壓著般的沉重，怎樣也笑不起來。

「羅剎大人，我先去處理其他公事了。有什麼需要再聯繫我。」秘書雪薇明智的迴避了他們接下來的談話，在羅剎點頭同意以後便離開了辦公室。

「……要從哪裡開始說起好呢？就從君兒誕生之後的時間開始吧。」羅剎向後靠上了沙發椅背，眼神變得飄忽，開始回想起過去的那段歲月。

「在君兒誕生時，我還只是個僅僅懂得執行命令的存在。但因為君兒的關係，所以母親大人也將我當成了自己的孩子一樣照顧，教導我如何成為一個真正的『人』。那段時間我從妳身上得到了很多。然而當時的妳非常脆弱，烙印在妳身體上的『椿紋』還不是很穩定，隨時都有可能再次魂體分離……」

「與妳相處的時間不長，大約五個月，父親與母親大人確定妳的『椿紋』已經穩定下來後，他們便施展力量，利用當時出現的『星辰淚火之夜』逆轉時空，將妳送到了現在妳所在的這個時間。然後父親與母親大人便趁著妳還未到達的這段時間，開始策畫能夠讓妳順利覺醒成『星星魔女』的方法。」

「我們的父親與母親比人類探險隊更早來到新界，在抵達新界以後，父親隨後另有要事離開，在完成他的安排後便陷入長眠；而母親與我則發現了原本就居住於新界之上的精靈族群，我們看上了精靈王所擁有的強大靈魂之力，猜想這或許能夠延續與穩定妳靈魂的傷勢，便趁著精靈族爆發內戰時介入其中，並且逼迫當時無力回天的精靈王簽下契約……」

聽羅剎說到這裡，君兒心情閃過了一絲陰沉，但她沒有打斷逕自陷入回憶的羅剎，而是靜靜聽了下去。

「我們讓精靈王簽下刻意設計的『神騎契約』，約定好等他再度轉生時，正式履行這份契約。我當時因為別的原因耗盡力量而陷入沉眠，於是便由母親大人執行這件事。直到人類初次抵達新界，霸鬼在不久後接觸了建立在新界另一處的『魔陣噬魂』，暴亂的異常能量喚醒了沉睡中的我，當我再度和母親聯絡上時，便利用自己的力量庇護了身處新界『永夜之境』的精靈族群，讓他們遠離人類的視野，成為我們隱藏起來的一枚暗棋。」

「許久之後，精靈王終於再次轉生，靈魂卻意外的一分為二，迫使母親大人不得不將契約拆分為二，讓兩位新生的精靈王各自分得一半的契約。然而精靈王之一的靜刃，卻在不久後消失在母親的掌控之下，母親礙於契約的交易內容而不能離開精靈母樹，我則是因為不能離開新界而無法親自去尋覓那位下落不明的精靈王。」

「另一位精靈王靈風，利用特殊方式聯繫上我，希望能夠在新界遊歷成長，我便順勢分享了符文技巧的知識給他，並透過符文推算妳在未來會與霸鬼以及卡爾斯有所交集，便將靈風推薦給了當時正在尋找符文師的卡爾斯……而從霸鬼在原界找到妳開始，直到妳遇見卡爾斯和靈風，然後回到新界，並完成『契約』……」

君兒在此時冷笑出聲，打斷了羅剎的回憶。「你就那麼肯定靈風一定會完善契約，而不像靜刃一樣失蹤、叛離契約？」

她審視著羅剎。一提及那兩位必須持劍相對的雙生兄弟，她原本已經平靜的心再度起了波瀾。戰天穹知道君兒對靈風的情感只是兄妹之情，但聽她提起了那對雙生兄弟中的「靜刃」時，神情也不禁變得嚴肅。

而眼前這位一直與他合作攜手守護世界的「陣神滄瀾」，私底下竟庇護了一支身處新界的精靈族長達千年之久，這件事連他這位黑暗守護神都不知其事——多少讓戰天穹有種被至親好友欺騙的感受。

羅剎回望著君兒的目光，心中感覺複雜，最後只是一嘆。

「我能肯定靈風一定會和妳完善他那一部分的契約。」他語氣肯定的說道。

「憑什麼那麼肯定？」君兒口氣嘲諷。雖然靈風與她完成契約已是事實，但對於羅剎這樣肯定的態度還是讓她感覺氣憤。

「就憑他不希望看到族群精神信仰的精靈母樹死去的這件事。」羅剎淡聲給出了答案，讓君兒瞬間氣惱的漲紅了臉。

她情緒激動的高喊出聲：「你們憑什麼這樣操弄別人的命運！？『神騎契約』可是要靈風他們付出性命與未來的殘忍契約。憑什麼！」

「這一切都是為了救妳。」

君兒呼吸一滯，眼眶霎時積蓄起淚水來，卻是因為極端的憤怒。她緊握的拳心顫抖著。因為羅剎的這句話，她心中浮現了對自身命運的憎恨與痛惡。

看著惡狠狠盯著自己的君兒，羅剎顯得有些無措，絲毫沒有學院校長該有的氣質風度，而是像個被家長責難的孩子一樣，在無奈過後委屈的噘起了嘴。

他可以看見那雙綴滿星光的黑眸裡頭，充斥著對他以及對命運的強烈恨意。這讓他心中澀然，

卻絲毫不後悔自己過去做過的事情。

「妳知道我們的敵人是誰嗎?從牧辰星那時開始，我們的敵人不僅僅是魔女毀滅之力，同時還有整個世界、整個宇宙。因為我們打破了宇宙的『平衡』。但儘管如此，我們還是盡可能的試著把握每一個可以延續妳生命的可能性。」

「所以你們就任意的剝奪了他人的意願與未來嗎?!」君兒語氣凶狠的質問著。

「為了成就妳，我們可以犧牲整個世界。」羅剎認真肯定的說道。

「你們——」

君兒還沒有說完，便被坐在一旁的戰天穹握住了緊握成拳的手心。她又氣又怒的看向制止她的愛人。

戰天穹語氣平靜的說道：「別被負面情緒操控了意志，冷靜下來!」

君兒的火爆情緒在那雙平靜的赤眸注視下逐漸消融。只是，儘管情緒退去了幾分，她依舊無法諒解。

「無論如何，我是不會原諒你們對靈風他們所做的事情的。」

一想到靈風和靜刃本來親近的兩兄弟，卻因為一份契約而各自有了抉擇，踏上了不得不決裂、針鋒相對的道路，君兒就感到無比自責。

「如果時間能重來，我和母親大人一定會再一次做出同樣的選擇，不會後悔。」羅剎金色的眼眸裡沒有絲毫的退讓。因為讓君兒活下去並且超越命運，是他們一直以來最大的追求！

君兒一氣，就想繼續與羅剎辯論，但在這時，戰天穹開口打斷了她。

「君兒，如果今天是我，同樣的，為了妳，我也會做出和羅剎同樣的事情來。」

戰天穹語出驚人。

「我當初透過噬魂感應到妳的靈魂有所變化時，噬魂在第一時間便告訴我他感知到的一切。包括了靈風透過契約與妳的靈魂建立連結，並且會消耗自己的靈魂力量治療妳靈魂傷勢的事情，我都知道。」

「我一開始也掙扎過，覺得此事並不妥當，因為我知道妳在知情以後一定會受傷難過……但是，等我和噬魂融合之後，我漸漸的明白，那只是我表面上的想法……其實我的內心深處是認為只要能夠協助妳、幫助妳活下去，無論是做出違背道德法規、剝奪他人性命或權益的事情，我都願意做。」

「天穹你……」

「只要是為了妳，哪怕是要毀滅世界，我也願意。」

他從未在她面前表露過如此黑暗的情感，這讓君兒很是震驚。

君兒知道戰天穹為了她，選擇了接納長年抗拒的心魔噬魂，而走上了光暗融合的這條路。

這段時間以來，戰天穹的行為舉止還是由他原本的性格主導，如今因她而溶解了那層封印……

但君兒明白，這或許才是戰天穹最真實的性格。

戰天穹的決定讓她深深感動，同時也心疼他這樣的選擇。畢竟他得面對過去所不能接受的那些事情，那需要多麼大的勇氣。

「我不希望因為我的事，而讓別人受傷。」君兒感到了哀傷，她緊緊扯住了戰天穹的衣袍，嚴肅的說道：「天穹，答應我，無論如何都不要毀掉你親手保護的世界好嗎？你為這個世界付出了那麼多，不要因為我而放棄過去的一切。」

君兒不顧羅剎在場，喊出了只有兩人獨處時才會輕喚的戰天穹的名字。

戰天穹沒有答應她的問題，轉而說起了另外一件事：「就像妳曾經說過『事情既然已經發生，選擇接受或許可以看到另一條出路』這句話一樣，也許未來還會有人因妳而受傷，但請相信，至少我和羅剎都是自願為妳做出這樣的選擇的。」

「可是我不要你們為了我去傷害別人！」

「那麼，就活下去，然後超越命運吧。」羅剎平靜開口，「因為，這是我們的父母親讓妳再一次擁有生命的唯一條件。」

聽著在場兩名男性那堅定且執著的話語，君兒心情很是複雜。

「我需要一個人靜一靜……」

「那我讓雪薇來陪妳，我和霸鬼出去談些事情。」羅剎招呼了戰天穹，便先一步離開辦公室。戰天穹明白君兒受到了不少衝擊。交代了聲，他隨後便跟著羅剎的腳步離開了辦公室。

不久後，得到羅剎傳喚的秘書雪薇再度回到了辦公室，她看著陷入迷惘情緒的黑髮少女，體貼的為君兒倒了一杯熱茶。

「來，喝點茶暖暖身子。」

「謝謝。」君兒機械式的接過秘書小姐遞來的茶，卻是捧在手心沒有飲用。

秘書雪薇跟在羅剎身邊不少時日，自然也知道遇到這種情形該如何應對，儘管她不知道羅剎到底和君兒談得如何，但顯然事情結果並不像他們想像的那麼愉快。

「總覺得鬼大人有些變了呢。」雪薇語不提羅剎，卻主動提起了戰天穹。

果然，君兒恍惚的思緒被拉了回來。

「他從以前就是一個很冷漠的人，無論對誰都是如此。或許只有龍大人或羅剎大人能讓他有情緒反應。這是我第一次看見他以守護者的姿態陪著一位少女出現。」

見君兒豎耳傾聽，雪薇知道自己的話題起了作用，便繼續說了下去：「看得出來，他非常的珍視妳，願意為了妳打破過往的冰封……」

「謝謝……」君兒再度開口，雖說同樣也是道謝，但比起接過茶飲那時精神了許多。

也是，哪怕此時的戰天穹因為和噬魂合一而逐漸嶄露了最真實的一面，她一開始不也是做好接受他光明與黑暗兩面的心理準備，才會愛上他的嗎？事到如今，光暗合一，過去熟悉的那位總是習慣隱藏情緒的鬼先生，只是開始學會了表明情緒而已，這也算是他因為接受了自己的愛，所以才慢慢的將自己不為人知的一面展現在她眼前嗎？

無論何種樣貌，鬼先生都是愛著她的……這樣就好了。

在仔細思考過後，君兒很快就放下了先前因為戰天穹發言而感覺愕然的情緒。

「謝謝，我好多了！」君兒再次道謝，神情恢復了原先的神采。

雪薇雖然不知君兒的心理歷程，但見君兒恢復精神，便也跟著揚起淡淡的笑顏。隨後，她提起了羅剎。

「雖然我不知道妳和羅剎大人到底談了些什麼，但我只知道羅剎大人從許久許久之前，一直都牽掛著妳的事情，等到鬼大人傳來了關於妳的消息以後，他甚至是每天都在我耳邊嘮叨著妳的事……跟鬼大人一樣，羅剎大人也用他的方式在表達他對妳的重視。」

君兒一嘆。冷靜下來以後，她明白羅剎和魔女牧非煙的行為僅僅只是為了她，但卻因此傷害了對她同樣重要的另一人。

她對羅剎的記憶不多，最初的記憶是自己嬰兒時期，那趴在嬰兒床邊靜靜看著自己的男孩。還記得，當自己肥嘟嘟的小手握住了男孩冰冷的掌心時，男孩原本冰冷的金眸瞬間染上溫度的那瞬間……爾後的記憶是男孩模樣的羅剎冰冷的執行某個男人的指示，使用符文束縛住被終焉一切的意識操控了的牧辰星，使之被殺害的記憶……

現在，當只存於記憶中的存在活生生的站在自己眼前，卻是如此的陌生……

「或許需要點時間，不過，請明白羅剎大人對妳的重視。因為妳是他等了千年，心中始終掛念的『妹妹』。我雖然不知道他究竟做了什麼事情讓妳不能諒解，但我知道他是發自真心的重視妳……將妳當作了必須守護的對象。」

雪薇點到為止，沒有繼續多說，留下給君兒思考的空間。

「『妹妹』嗎……？」

提起這個稱呼，君兒只想到那總是喊她「笨蛋妹妹」的靈風。她曾經期許著能夠找到自己的血親家人，卻沒想到真正的「哥哥」，比沒有血緣的靈風還更加感覺陌生疏離。

「唉……」君兒深深的嘆息著，心情苦悶的異常難受。

＊＊＊

之後，羅剎和戰天穹回到了辦公室。

男孩容貌的羅剎對著雪薇招了招手，說出了他的指示：「我剛跟霸鬼談過了，雪薇妳就將戰族鬼教官要回來任教的消息先告知其他教職人員，並且安排一個時間，公開對鬼教官帶回來的特招生進行實力評測。」

「是。」雪薇詳細的記錄下羅剎的指示。「羅剎大人還有其他指示嗎？」

「幫君兒安排一間宿舍吧。」這句話是戰天穹說的。

他走到君兒身邊，看著她，說道：「雖然我很想親自照顧妳，但畢竟我們的關係太過敏感，為了避嫌，君兒妳還是得去住學生宿舍才行。對了，我會讓羅剎親自指導妳符文技巧——」

戰天穹見君兒想拒絕，抬手制止了她，同時繼續說了下去。

「先別拒絕。如果妳想要變強的話，由與妳同樣擁有圖騰以及符文凝武技巧、同時也是最了解妳狀況的羅剎來指導妳，再好不過。」

看著戰天穹的雙眼，她知道對方是認真的。君兒又看了站立於不遠處的羅剎一眼，幾番衡量後，這才默默的點了點頭。她沒有再多說些什麼，只是主動握住了戰天穹的手。

雪薇盡責的操作光腦系統安排君兒的入學事宜，隨後說道：「相關手續我會在幾個鐘頭內完成，這段時間鬼大人可以先帶君兒小姐去校園逛一逛。」

就當戰天穹打算帶著君兒去認識校園時，羅剎突然喊住了君兒。

「君兒，有什麼需要可以來找我……雪薇，順便幫君兒弄張最高權限通行卡。」

看著君兒冷靜到有些無情的臉龐，羅剎張口欲言，最後只說了一句：「我不奢求妳的原諒，只要能讓妳活下去。哪怕會被妳恨著，也好過妳什麼都沒留下……」

羅剎這句話裡頭蘊藏的情感觸動了君兒的心，讓她迴避了羅剎的眼，不想被人看穿心裡最深的想法。

（給羅剎一個機會吧。）戰天穹透過精神傳訊溫聲說道。

君兒沒有回應他，只是那難過的心情還是透過精神印記傳了過來。

戰天穹一嘆，牽起君兒的手，帶著她暫時告別了這讓她傷心的地方。

直到兩人離開了辦公室以後，雪薇看著走到窗邊默默注視著天空的羅剎，感到有點擔心。

「羅剎大人……」

「雪薇，我沒事。早在之前卡爾斯找我談靈風的事情的時候，我就猜到會有這樣的情況發生了。只是哪怕我早有預測，但當君兒真的對我冷淡排斥的時候，這裡還是很痛。」

羅剎輕撫自己心口的所在，有點不解。

「雪薇，妳也知道我並非人類，這個身體只是模擬人類製作出來的型態罷了，可以說，我根本沒有『心』，又為何會感到心痛難過呢？有時候，我會懷疑那是不是我刻意為了模仿人類而幻想出來的情緒。」

羅剎述說著他對自己情緒的困惑。哪怕他的一舉一動完全與常人無異，他會笑、會難過，但內心深處還是對自己的「人類情感」抱持著疑問。

「我現在的心情應該算是『難過』的吧？人類在難過時總會落淚，但我卻連眼淚都沒有……」透過符文模擬出來的身軀，既沒有血液、更沒有淚水。

他的表情平靜，但長年在他身邊陪伴的雪薇卻能感覺到羅剎心裡那深不見底的痛。鼻一酸，雪薇放下了手邊的資料，也暫時忘記了彼此的地位之別，張手將男孩樣貌的羅剎擁進懷裡。

「如果你不能哭，就讓我代替你落淚吧……」

「嗯，謝謝……」羅剎靠在雪薇懷裡，彎起一抹帶著哀傷的笑容。

昔日那溫暖自己空寂心靈的小女嬰，如今已成長為他熟悉卻也不熟悉的人了呀……

Chapter 113

入學準備

暫時離開高塔，君兒輕輕嘆了一口氣，神情有些憂鬱。

「我想我可能還要一段時間，才能重新接受這位『哥哥』吧。雖然他們是為我著想而做出那些事，但我還是沒辦法馬上就原諒他們。」

戰天穹平靜的開口說道：「無須強求自己去接受與原諒。在那之前，妳就先原諒自己吧。不要因此責怪自己……有時候命運就是如此安排。但是，在要求自己原諒別人前，妳得先放下對自己的自責。」

戰天穹的這段話，讓君兒仰頭回望他。

君兒有點無奈的淺笑：「那為什麼天穹不能原諒自己呢？」

戰天穹頓時啞口無言。

良久後，戰天穹苦澀一笑，說道：「……抱歉，雖然我這樣告誡妳，但其實我自己也無法做到。我想是我還沒做好準備要去原諒自己吧，但君兒妳或許可以辦得到。」

君兒的問話讓戰天穹有所警覺。

是啊，如果連自己都無法釋懷，說出口的勸誡又如何能讓人信任呢？

從精神通道感覺到戰天穹略有憂傷，君兒心思一轉，微笑發言：「我們一起努力，從自己內心的小小傷口開始，一點一滴的去療癒與原諒。」

「好。」戰天穹見君兒終於有了笑容，也跟著微揚淺淺笑弧。

見四下無人，君兒大膽的張開雙手擁住了戰天穹。

「謝謝你陪著我面對這些事情……」她將臉龐埋進戰天穹的胸膛裡，不想讓戰天穹看見自己此時的表情。在外界，她沒辦法盡情的釋放自己的情緒，只能聽著戰天穹沉穩的心跳，溫暖自己難過的心情。

戰天穹輕擁住君兒，掌心輕輕順著她背後的烏絲。

「如果妳願意聽的話，我可以告訴妳一些羅剎的事情。」

「……過段時間再說吧。」君兒低聲回應著。

良久以後，君兒終於整理好了情緒，她略帶歉意的說道：「這段時間因為靈風和靜刃的事情，讓天穹擔心我，真是對不起呢。」

「我相信妳遲早會告別那樣的情緒，繼續向前走的。」

只是隨後，戰天穹話鋒一轉，說道：「該說抱歉的是我，剛剛羅剎的話引來我的共鳴，說出的那些話讓妳嚇到了吧？不過那是我內心真正的想法，只要為了妳，我什麼都願意做……」

君兒看著愛人，滿心只有包容與諒解。

「我既然選擇跟你在一起，早就做好了要包容你一切的心理準備了。一開始真的是有嚇到，可我想，這才是真正的你吧。雖然天穹始終不告訴我你過去究竟發生了什麼事，但一定是讓你很痛很痛的經歷吧，我會一直等到你願意對我說出一切，然後陪著你一起面對那些傷痛。現在，我也要學著去原諒我自己……就像你們說的那樣，與其自我責難，不如想辦法超越命運，讓你們的犧牲與付出不會付諸流水。」

明白君兒已經開始轉換情緒了，這讓戰天穹終於放下了心頭大石。或許還需要點時間，他才能真正將自己的過去對君兒如實說出，好在君兒不像尋常女孩會一直追問愛人的過去，她只是平靜的接受、溫柔的等待著他能夠坦承一切的那天到來。

她這樣的諒解，總是讓他感覺幸福。

兩人相擁了一會，便又繼續繞著校園逛了一圈。不久後，雪薇透過光腦系統聯繫上他們，說君兒的入學手續辦好了，要他們兩人回高塔一趟。

君兒一想到之後就要和戰天穹短暫分開，忍不住抿住了下唇，感到不捨。這表示之後她就要和戰天穹分開了吧？雖然每天都能夠見面，但兩人才剛表明真心，她還真想整天跟在戰天穹身邊，無論是修煉也好、什麼事不做也行。

或許這就是熱戀女孩的心情吧？只想永遠跟愛人在一起……

對戰天穹而言，如今能夠兩情相悅已是非常幸福的一件事，也因為尊重君兒，所以他很紳士的恪守著底線，暫時沒有打算跟君兒跨越禁忌的那條線。

透過精神通道傳來的波動，多少猜出了君兒那依依不捨的情感，戰天穹淺淺揚笑。可君兒很快就收拾好了心情，再度恢復平靜。這讓戰天穹覺得有些可惜，因為君兒少有這類小女人般柔弱的表現。

「妳可以像過去那樣對我撒嬌的。」戰天穹說道。

君兒俏臉一紅，轉開了話題：「走吧，別讓雪薇小姐久等。」

儘管兩人確定了關係，她還是放不下矜持對戰天穹恣意撒嬌。小時候多少是因為天真，無所顧慮所以才會對他撒嬌，但長大以後她覺得自己應該要再更堅強一些，所以稍稍收斂了過往那般女孩姿態。只是雖然這樣想，她心裡何嘗又不想跟愛人撒嬌呢？

戰天穹也不強求，只是微笑。

那彷彿看穿了君兒內心真實想法的笑容，看得君兒羞不可遏。最後君兒眼眸一轉，像是想到了什麼，讓她原本的羞澀轉為了正經。

「入學之後還是由天穹指導我嗎？」她的眼裡閃動著能再次被戰天穹指導的渴望。

只是，戰天穹隨後的回答卻讓君兒失望了。

「這一次我會讓其他導師來負責指導妳。」

「為什麼？」君兒語氣有些失落。

戰天穹解釋道：「雖然我名目上的身分是滄瀾學院的鬼教官，但還是有人知道我的真實身分。我不想別人從我們彼此的關係聯想到妳的身分……還記得魔女謠言嗎？儘管現在的流言沒有過去那麼多，但還是有有心人士在尋找著『魔女』。」

戰天穹的神情染上嚴肅。

「我和羅剎談過這件事，我和他可以擔任妳的『戰技教官』，但在學院裡，妳還是需要一位負責協助妳安排課程、追蹤妳的成長進度，以及與其他學生進行團隊合作、課程考核的『責任教官』，這部分是我和羅剎沒辦法親自參與的事……因為幾年後，虛空屏障將會再次失去效用，我和羅剎得趁這段時間策畫能培養出更多強者的指導安排，所以沒辦法成為全權負責安排妳課程與追蹤妳成長狀況的責任教官。」

說到最後，戰天穹略帶歉意的說道：「抱歉，我也想成為妳的責任教官，但因為過去我從來沒有擔當過誰的責任教官，不好為妳開先例，這樣太引人注目。」

君兒靜靜的傾聽，分析出了戰天穹口中那所謂「戰技教官」與「責任教官」的區別性——看樣子，「戰技教官」應該是負責指導戰技課程的教官；而「責任教官」則是負責學生相關課程安排事宜的教官囉？

君兒將自己的猜想說出，戰天穹肯定的點頭同意。

「所以之後，白天妳要按照責任教官為妳安排的課程進行課業，也會另外請責任教官幫妳安排我和羅剎親自指導妳戰技與符文技巧的時間。」

「好，我知道了。我會努力的！」君兒慎重答覆，將注意力轉到了往後的學生生涯上。

兩人最後再次回到了高塔，雪薇已在高塔門口等候了。由於不曉得她等了多久，這讓君兒有些不好意思。

當三人再次回到羅剎的辦公室時，羅剎卻是不見蹤影。

「羅剎大人去高塔核心進行每日的符文微調了。接下來由我為君兒小姐解釋入學的一些注意事

項——這次君兒小姐是以特招生的身分入學，不過因為已經過了招收時間，所以會進行一次公開實戰評測，一是為了讓學院裡的責任教官了解妳的狀態，藉此決定是否要爭取成為妳的責任教官；二是用實力證明妳有資格被特招。」

聽到「實戰評測」一詞，君兒先是一愣，隨後神情浮現了愉悅。在戰族時，她沒有時間為戰天穹展現她這兩年的成長，這或許是個不錯的機會？

雪薇繼續說了下去：「請君兒小姐拿出最強的實力來，這關係到妳未來責任教官的選擇。我想方才鬼大人應該為妳解釋過責任教官與戰技教官的區別了吧？」

見君兒點頭，雪薇將一份資料及一張卡片遞給了君兒。

「這是妳的入學身分，羅剎大人已經幫妳準備好了，卡片附載學員光腦系統，回頭妳可以好好檢閱一下裡頭的功能。晚點我會帶妳去學生宿舍，並陪妳認識一下滄瀾城的各大區域……對了，鬼大人，羅剎大人說等君兒小姐的事情處理完畢，他需要你去一趟高塔核心。」雪薇最後轉達了羅剎的訊息給戰天穹知道。

戰天穹點頭表示明白。

由於君兒這次是輕裝簡行的跟著戰天穹來到滄瀾學院，等雪薇將相關資訊都如實轉達之後，就乾脆直接由雪薇帶著她去滄瀾城的貿易區購買一些生活用品，順勢認識一下滄瀾城。

戰天穹站在高塔大門前，靜靜的目送君兒離開。看著君兒臉上的雀躍，他心裡也同時有著喜悅。希望能在君兒所剩不多的時間裡，為她創造出更多值得她堅強活下去的美好記憶。

＊＊＊

與雪薇繞了一圈滄瀾城、採買了一些生活用品以後，君兒便跟著雪薇來到了學生宿舍。

君兒提著行李，好奇的張望著眼前這棟寫著「女生宿舍」四個大字的大樓。

雪薇在幫君兒辦理完住宿手續之後，才與她談到了住宿相關事宜。

「君兒小姐，由於妳是特招生的緣故，再加上妳之後晚上另有課程，所以會特別安排給妳單人宿舍。不過由於大間宿舍已經被其餘的特招生分走了，之後如果妳想要更好一些的房間，就需要自己靠特招生排名爭取了。至於公開評測的時間與地點，等確定了之後我會再通知妳，如果有任何問題，也可以聯繫我。」雪薇邊說，邊和君兒交換了聯絡方式。

她帶著君兒踏入了學生宿舍中一座閃動著符文光輝的浮動平台，同時也教君兒如何使用她的學

生卡進行認證。浮動平台的操作系統在雪薇使用了卡片之後自動浮現了樓層的數字，自動載著兩人前往目標的樓層。

在前往自己寢室的這段時間裡，君兒注意到有不少人在看見到她時，不停好奇的打量著她，絲毫不掩飾戰意。對此，君兒輕挑柳眉，逕自猜想著究竟為何如此。

雪薇就像了解君兒心中的困惑一樣，為君兒解釋道：「特招生一向是身懷特殊才能而被學院網羅進來的學生，比起走正規管道入學的學生，特招生擁有的待遇好上很多，往往會惹來一些普通學生們的嫉妒。」

「學院為了鼓勵學員積極向上，設立了特殊的挑戰機制，每一位學生的學生卡片在入學時會給一個固定的積分，積分可以用來兌換進入圖書館高權限樓層的資格、或換取一些學院額外提供的服務與物品等功能，兌換以後將會扣除相對的積分，但還是可以透過學院公布的一些作業任務來取得新的積分。」

「學生們可以互相挑戰藉此取得對方的積分，而學院也有規定每學年學生除了必須通過學期考核以外，積分也得達到某個標準才可以晉級。基本上，每年會有超過半數以上的學生無法晉級，競爭激烈。君兒小姐妳進入學院的時間較晚，起步比其他學生慢上許多，但學院不會特別破例降低妳晉級的所需積分，所以之後妳得盡可能的去挑戰其他學生藉此換得積分。」

雪薇善意的提醒道：「學院對積分是採公開的方式，妳可以進入學院的光腦系統自由查詢學生的積分排行，並進行挑戰……加油！」

君兒邊聽雪薇解釋，眼神也越發燦亮了起來。她心中戰意十足，顯然對學院的這種制度非常感興趣。她一向熱衷於與別人切磋對戰，藉此更加融會貫通自己的戰鬥技巧，也能夠觀察不一樣的戰鬥方式，增進自己的視野與完善自己的能力。

「有意思。」君兒面露笑容，對自己的實力很有信心。

雪薇見君兒一點都不畏懼，反而期盼的樣子，不由得感到欣賞。不過礙於大部分的特招生身分特殊，總會在入學時過度自大，進而遭到更多隱藏在學生中的強者打擊，她忍不住出言提醒，就怕君兒會因為自信看輕了敵手。

「滄瀾學院裡有許多隱藏的強手，有些學生甚至擁有與教官平齊的實力身手，君兒小姐可別大意了。」

君兒對雪薇展顏微笑，她雖然驕傲，但是也懂得不可自大的道理。聽雪薇這樣說，她好奇發問道：「不曉得學生可以挑戰教官嗎？」

「可以。不過教官和學生的挑戰規則略有不同，這點之後就請君兒小姐妳自己觀看學生卡內儲存的手冊內容了。」

兩人又聊了一會，最後雪薇將君兒送到安排好的宿舍便告別了。

君兒看著眼前這間屬於自己的寢室，潔白乾淨且空無一物的房間，讓她忍不住想起了剛被送進皇甫世家大小姐寢室的記憶。過去她只能像個玩偶似的任人擺弄，但現在不一樣了，這個地方將會是她往後時間裡的重要居處，她可以自己打理寢室的布置、為自己擺上喜歡的裝飾——這裡，會是完全屬於她的地方、她的新家。

君兒放下了手邊的行李，翻出了剛剛領得的學生制服——屬於戰技類組的黑色長版制服，下襬及臀；邊緣繡縫著紅色的邊線；衣領處繫了一條與邊線同色的領帶，整體剪裁貼身又俐落大方。由於戰技系學生需要進行實戰課程，所以採用了彈性極佳的布料。制服下半身捨棄裙襬設計，而採用了方便活動的短褲設計。

看著這套屬於自己的制服，君兒的心情忍不住激動了起來。

「爺爺，君兒終於實現我們的夢想了！」

她明白戰天穹的用心良苦，哪怕她可能時日無多，但比起不停進行枯燥乏味的修煉，這種讓她接觸更多元人事物的方式讓她感覺有精神，也讓她開始期待起了明天的到來。

君兒將制服擁入懷中。這套制服不僅寄託了自己和爺爺過去的願望，同時也代表著戰天穹的一番苦心，讓君兒既感動又感慨。

「無論未來如何，我都會好好把握每一天繼續努力下去！」

君兒說出許諾，一如她和戰天穹約定的那樣。

＊＊＊

就在君兒所在的同一棟大樓中，某一間布置的溫馨舒適的宿舍房間裡頭，兩名莫約二十歲的女性正聚精會神的透過光腦系統瀏覽上頭的資料。

其中一位有著微捲湛藍長髮，容貌靚麗雅致的女性微微蹙著好看的眉頭，臉上似有幾分不悅。

「紫羽竟然沒有跟著君兒去戰族，反而要留在那位鬼先生的朋友身邊？早在紫羽這兩年時間不停說對方好話的時候我就覺得不對勁了，只是沒想到紫羽竟然會與對方日久生情……紫羽只是傳訊息說她過得很好、很幸福，但我都還沒見過對方，更不知道對方是什麼樣的人、做什麼樣的工作，這要我怎能放心？！」

說出這段氣惱言詞的，便是與君兒、紫羽兩人闊別兩年的皇甫蘭了。如今她和緋凰正式的脫離了皇甫世家，自然也捨去了那令人生厭的姓氏。

而在蘭身邊陪著她一同瀏覽紫羽傳訊的粉髮女性，便是兩年後更顯成熟優雅，昔日皇甫世家的女王皇甫緋凰。

早在兩年前，她們在逃離皇甫世家時意外被一個秘密組織所救。也因為拯救她們的對象也曾是從皇甫世家逃出的大小姐，因此她們被對方說服了為該組織效力，同時也覓得一個足以保護她們安危的依靠。

今日的緋凰因為這兩年來的經歷，神情更顯自信大方。容貌也因為年齡的增長，英氣不減，卻更多添了幾分女人味。

好在當初她們在逃離皇甫世家時，紫羽暗中寫入的病毒破壞了皇甫世家關於她們幾位大小姐的照片與記錄資料，讓她們現在僅需要稍微改變裝扮髮型即可。再加上隨著年紀漸增，她們的容貌褪去了青澀，確實沒幾個人能認出她們就是皇甫世家通緝中的幾位失蹤大小姐。

緋凰見蘭焦慮氣惱，語出安慰的說道：「蘭，至少對方也得到了君兒的肯定與讚賞不是嗎？我相信君兒一定也是因為相信對方，所以才將紫羽交給對方照顧的，妳就別擔心了。」

「她認同，不代表我認同啊！好歹我也是紫羽的姐姐，怎麼說也要讓我見上對方一面吧？要是對方是個習性糟糕、會欺負紫羽的壞男人該怎麼辦？」

哪怕緋凰親口出言勸導，蘭還是顯得頗為擔心。這段與表妹紫羽分別的時間裡，就算紫羽有君兒就近照顧，她還是會擔心那位太過天真的傻妹妹。如今一聽紫羽決定要留在那名陌生男性的身邊，她這位姐姐怎樣也放心不下——

「好了，以後還是有機會見面的。至少大家都平安無事。」

緋凰沉穩的回應讓蘭低聲嘆息。隨後她氣悶著一張臉，坐回她與緋凰並排的書桌前，問起了另一件事。

「緋凰，早跟妳說我們去戰族找君兒了嘛，為什麼妳一定聽組織的要求來滄瀾學院？」

「戰族不是隨便什麼人都能進去的，要知道，那個家族可是新界三大家族之一，我們兩個女孩隨隨便便進去找人恐怕沒那麼容易。而且，我相信君兒一定有來滄瀾學院的理由——那就是她的鬼先生在這裡可是頗有名氣的教官呢。以她那樣認真執著的性格，她不可能捨下鬼先生去別的地方學習吧？我也不相信鬼先生會讓她去別的學院就讀。」

緋凰說出了她來滄瀾學院的主因。這也是她在進入組織工作以後，偶然間意外得知的消息。

沒想到那位寡言冷漠的鬼面保鑣，除了在戰族有著不凡地位以外，也曾在滄瀾學院擔任著教官一職。緋凰料想她們兩位尋常女性無從接近戰族，那麼只好從其他管道尋找君兒和鬼先生可能的蹤跡了。

「其實，我還是希望我們四個人可以像以前那樣一起合作。君兒會是個很棒的競爭對手，也是個完美的合作夥伴。」緋凰嚮往的說道。

蘭卻在此時皺起了眉，她看著緋凰的眼神有著質疑。

「緋凰，妳該不會是要回應組織的要求，透過君兒藉機去打聽鬼先生的事情，然後探聽到鬼先生或戰族更多不為人知的訊息，藉此獲得地位的提升，才這樣選擇的吧？雖然我們本來就打算和君兒會合，但我不希望我們和君兒的情誼，因為妳追求地位與權勢的功利心態而有所變質。」

蘭的質問讓緋凰歉意一笑。

「妳放心，這點我會拿捏好尺度的。只是我很好奇，除去組織希望我們跟鬼先生搭上關係以外，為何還特別要求我們要關注君兒的一舉一動？他們說是希望我們能藉著君兒靠近鬼先生，但我總覺得，組織似乎對君兒也懷有某種程度的好奇……這點就讓人有些匪夷所思了，君兒究竟有什麼值得組織關注的地方？」

緋凰說出了她的分析，眼神閃過了幾分慎重與好奇。

緋凰一向是個感覺敏銳的女子，對於組織特別要求她們親近君兒、靠近鬼先生的指示，自然不會單純的以為任務只是表面上的接近而已。只是奈何她在組織中的地位並不高，所能得知的消息並不詳盡，組織只說在正式接觸君兒之後會給予下一步的指示，令她無從揣度組織的真正目的。

「算了，我相信有鬼先生在，君兒很安全。雖然組織能帶給我所需要的一切，但可以的話，我希望能成長到擁有足夠的權勢可以保護妳們大家……」緋凰說出內心最真實的想法，她因為希望能成為朋友們的靠山而變得更堅強了。

緋凰這樣的發言讓原先有些質疑她的蘭感到愧疚，但就當她意欲向緋凰表達歉意時，光腦系統卻在此時傳來了訊息提示聲。

兩人定睛一看，隨後不約而同的瞪大了美眸，先是愕然的對望了一會，接著兩人都展露出驚喜的笑顏。

只見光腦系統上閃動著幾行字——

給小緋、小蘭：

已經接到鬼教官就要回來任職的消息了，同時鬼教官也帶回一位年紀大約十八歲左右的女性特招生，將於數日後對這位特招生進行公開實力評測。或許這位特招生就是妳們的朋友哦！有任何消息再通知妳們。

塔萊妮雅

看著這條訊息，緋凰自豪一笑：「果然就跟我猜的一樣，鬼先生最終還是會回到滄瀾學院任教的。那位女性特招生想必就是君兒了，能被鬼先生這樣特別看重的除了君兒，沒有其他人了。」

為她們傳來訊息的，是她們的責任教官塔萊妮雅，同時也是組織安插在滄瀾學院內部的組織高層成員。

「太好了，我們終於等到君兒了！」蘭又驚又喜的說道。

「算一算時間，此時正好是君兒說要外出歷練的兩年左右，這名特招生幾乎可以肯定是君兒沒錯了……」

蘭忽然有了個想法，直接向緋凰提了出來：「我猜以君兒的能力，應該是被分到和我們一樣的戰技類組，而且既然是特招生，那麼相信她之後一定會有位責任教官負責她。我們是不是可以跟塔萊妮雅教官談談，請她爭取看看能不能成為君兒的專屬教官？」

緋凰卻因蘭的提議而眉頭一皺，顯然並不看好蘭的這個提議。

「妳忘了還有鬼先生了嗎？搞不好這一次他會親自指導君兒也不一定。總之，先告訴塔萊妮雅教官我們的希望吧。如果君兒跟我們同一個責任教官，這樣我們之後的任務也方便多了呢。」

蘭只是單純的想要和君兒有同一個責任教官，這樣方便她們之後的相處與課程安排，卻沒想到緋凰連這事都能扯到「任務」上頭，不由得感覺無奈。

蘭隨後忽然想到一個問題，「對了，君兒如果在這個時候入學，應該會被安排第一學年的課程吧？」她面露笑容，「好險我們去年留級了！這樣正巧跟君兒同一個學年，可以上同樣的課程呢！之後如果塔萊妮雅教官爭取成為君兒的責任教官的話，我一定要請塔萊妮雅教官替我安排跟君兒一樣的課程時間。」

緋凰頓時無奈的看了蘭一眼，想到去年自己和蘭竟然被留級，一向好強的她每次提到這件事總會覺得尷尬。去年若不是她太自滿於自己的實力，選擇挑戰較難的三人小組考核，也因為蘭和隊友在考核中的意外出錯，種種原因導致了她們兩人如今得多留級一年的窘境發生。

沒想到這一年卻意外的得到君兒入學的消息，讓令她被留級的無奈感稍微緩解了許多。

蘭有些緬懷的說道：「兩年了呢……不曉得君兒過得好嗎？」

「放心，很快就能見面了。」緋凰自信一笑，開始期待起之後與君兒重逢的時間了。相信君兒見到她們的時候，一定也會很驚喜的。

Chapter 114

一戰成名

滄瀾學院的學生與教官們，在不久後都收到了有一名特招生即將入學，並且會由重新回來任職的「鬼教官」親自進行公開評測的正式公文。一時間，原本平靜的校園因為這個消息而變得熱鬧了起來。學生們開始打聽起那位鬼教官的來歷與過去經歷，教官們則是好奇特招生究竟有何才能，居然被學校破例招攬。

在學生們的探聽下，鬼教官過去的指導經歷這才被翻了出來，不少學生在瀏覽資料過後皆是愕然震驚。

「有沒有搞錯？！那位鬼教官是戰族守護神『戰神龍帝』的指導者？這是假消息吧！」

「這是我從一位已經畢業了的學長那問來的，也從其他教官那邊確定了這個消息是真的！而且聽說這位鬼教官是擁有星界級巔峰實力的強者，教出了好幾位同樣是星界級的畢業生呢！據說他十幾年前還在任教的時候，就很有名氣呢。」

「但是也沒幾個人受得住那樣暴力可怕的指導方式吧……」

「強者不就是從苦難中打磨出光亮的嗎？或許就是因為鬼教官殘酷冷血的指導方式，所以才能成就『戰神龍帝』的威名吧……誰不希望成為下一位守護神呢？但就看有沒有毅力與恆心去承受那樣苛刻的指導了。」

關於鬼教官的消息，很快就成了近期學生們熱烈討論的議題之一。

＊＊＊

很快的，公開評測的那天到了。

學院開放了一處久未啟用的演武場當作公開評測的場地，並在場地周圍設立了教官的座位。學生們沒有座位，便三五成群的於場地外圍或站或坐的觀望著。

隨著評測時間將至，場地竟意外來了一位過去幾乎從不出席這種場合的人——當一頭湛藍髮絲、擁有金色眼眸、容貌妖異的男子自一道炫麗的天藍色法陣中突兀走出，並落坐教官區最前頭的座位時，教官與學生們無不大吃一驚。所有人忽然明白了這會是一次不同以往的公開評測！

教官們見到有「陣神滄瀾」守護神之稱的羅剎出現，皆是恭敬的站起身，對這位容貌妖異俊美的男子行禮。

「好了，都說幾百次不要對我行禮了，大家隨意，我只是無聊來散散心而已。」羅剎略帶不耐的打發那些恭敬的教官們，心裡很是無奈。

每次他用這個樣貌出現，不是男人對他表露恭敬、就是女人對他表現愛慕，老實說他真的很受不了那種被關注的感受——那跟他用孩童模樣出現時得到的關注又不一樣，成人模樣帶來的更多的是距離感。

「羅剎大人不是一向對公開評測不感興趣嗎？難得羅剎大人會想來這裡散心呢。」一道溫和的女性嗓音響起，帶有笑意的話語中隱藏了幾許探詢之意。

羅剎金色的眼眸順著聲音望去，只見一位穿著雪白色教官斗篷的銀髮女性正對著他揚起一抹無害笑顏，讓羅剎微瞇起了金眸。

這位女性教官有著一頭飄逸的銀色長髮，兩鬢紮著鮮紅色的束帶，兩縷銀絲垂於胸口。她容貌秀麗，一雙冰藍色的眼寫滿溫柔，臉上掛著溫暖的微笑。

只是面對這位美麗的女性，羅剎心思卻沒有絲毫波動，相反的，他臉上竟浮現淡淡的狀似警告的神情，回道：「我只是來看看老朋友，順便散步而已。」

「鬼教官闊別十幾年回到學院，想必羅剎大人一定很高興吧？畢竟在過去，鬼教官一直是羅剎大人最信賴的夥伴與學院裡最強的幾名教官之一……就是不知為何鬼教官當初會忽然離開學院，不曉得羅剎大人能否告知一二？」

羅剎冷冷的瞥了銀髮女性一眼，對於對方這樣有禮卻又充滿探詢意味的問話，他不冷不熱的給出了回應：「無可奉告。」

銀髮女教官像是習慣了羅剎這樣的反應，表情絲毫沒有因此而有所變化，她只是微笑，目光轉向此刻還空無一人的演武台上。她也算是老資歷的教官了，也曾與戰天穹共事過，如今那位總是一臉冷漠的男人終於回來了，不枉她一直堅持留守學院任教……

不久後，君兒和戰天穹一前一後的抵達評測現場。

君兒今天一身方便活動的輕裝，年輕秀麗的模樣、朝氣十足的神情與那罕見特殊的黑髮黑眼，惹來不少男性學生的側目；與之同時，也有不少學生與教官的目光落到了君兒身旁那位氣質冷酷的赤髮男人身上。

人們各自交頭接耳的談論了起來，話題不離此次評測的兩位主角。

而先前向羅剎提問無果的那位銀髮女教官，在看見今日評測的兩位主角抵達以後，她不像其他教官一樣關注特招生身分的君兒，卻是關注戰天穹更多。

戰天穹先是和慵懶的坐在座位上的羅剎彼此點頭互打招呼之後，然後直接忽略了那用著火熱目

光看著自己的銀髮女性。對他來說，除去君兒和其他熟識之人以外的存在，全都是沒必要關注的多餘角色。

君兒的目光掃過整個教官區，在與金眸的成年男子四目相接的瞬間，認出了他便是幾日前以男孩模樣出現在自己眼前的羅剎。

比起羅剎的男孩模樣，他成年男性的模樣讓她更感陌生。

羅剎見君兒迴避開了眼神，嘴邊只剩下苦澀的笑意，隨後他巧妙的掩去自己的情緒，畢竟身為守護神兼學院校長的身分，暗地裡可是有不少人在觀望他的一舉一動。

爾後，君兒注意到了教官的座位區，有某位正以有些過度熱情的目光注視著戰天穹的女性。同為女人，君兒直覺明白了那位銀髮女性看著戰天穹的目光代表什麼意思……這讓她倍感危機的瞇起了眼。

雖然知道戰天穹對旁人冷漠異常，然而強悍的男性總是吸引女性目光，她早就猜想到會有女性喜歡這樣的戰天穹，卻沒想到這麼快就遇上。

不過所幸，別人看到的不過是戰天穹的表面，真正能碰觸他內心深層面目的也只有自己而已。

想到這，君兒心中原本浮現的醋意和緩了許多。

像是察覺到了君兒的目光，那位銀髮女教官收回了對戰天穹的關注，將視線看向了君兒。

這位銀髮教官，在看見君兒與戰天穹彼此站立的距離以後，心中感到了訝異。要知道，戰天穹一向不讓旁人近身的習慣連親族、學生都無可倖免，為何這女孩卻能夠站在距離戰天穹一臂不到，伸手可及的範圍內？

這打破過去她對戰天穹的認知，讓她心思微動，多少猜出了君兒是屬於被戰天穹認同且被允許接近的極少數存在，這讓她不禁有些羨慕嫉妒。要知道，她過去與鬼教官共事了十來年，無論她如何對他表示親近與欣賞，卻始終沒能換來對方同樣的對待。

君兒敏銳的捕捉到對方在看著自己時，眉頭瞬間緊蹙了一下。

對方的神情，與戰龍當初知道戰天穹曾對自己展顏微笑時的表情有些類似，有些羨慕、有點嫉妒，然而女性教官方才那一瞬間的目光更帶上了幾分幽怨與氣惱挫敗——這讓君兒明白對方的感情只是一廂情願，而在她暗中觀察戰天穹的反應態度後，更是確定了對方只是單相思而已。

不過，戰天穹離開滄瀾學院已有十幾年了，沒想到竟然還有他的愛慕者存在，這究竟是要多執著才能繼續堅持下來的情感？

想著想著，君兒對那位銀髮女教官的態度多了幾分同情。而她看著戰天穹的表情也帶上了柔

情。一想到戰天穹自始至終只對自己一個人表露脆弱與親近，君兒就越能感覺到他對自己有多深情。可惜戰天穹還沒做好在人前公開自己感情狀況的心理準備，所以他們在人前還是得保持距離，這讓君兒忍不住有些感慨。

注意到君兒眼中的溫柔，戰天穹沒有表露出情緒，但透過精神傳訊傳來的話語，洩漏了同樣的溫柔。

（準備好了嗎？）他問。

（嗯！）君兒自信的回應著。

當公開評測的時間到來，負責主持的教官自教官座位區站了出來。他用星力放大自己的聲音，讓在場群眾都能清晰聽見他的發言。

「歡迎大家參與這一次的公開評測。這一次我們滄瀾學院又來了一位特招生，按照慣例舉行公開評測讓學生與教官們檢閱她的實力……」主持人簡單的說了一段學院裡的規矩，接著開始介紹起已經站立於演武台的兩位主角之一。

「相信大家之前都接到公告了，這一次的公開評測會，由暫離職位十幾年的鬼教官親自對特招生進行考核。」

「這段時間，相信大家都應該打聽到了不少關於鬼教官的消息，所以多餘的話我就不說了，現在正式公布鬼教官指導申請的資格與條件，有興趣的學生可以在這次評測之後向學校提出申請。凡是年紀二十五歲以下、實力到達『星海級』的學生皆可以申請鬼教官的考驗，通過考驗者才能接受鬼教官的指導——」

主持人此言一出，學生們無不譁然。

「有沒有搞錯？這條件也太嚴苛了吧！」

「這根本是只有超級天才才能達成的條件吧！」

二十五歲以下、「星海級」的實力，這個條件可說是非常嚴苛，那可以說是需要擁有絕頂天資，才有可能在目標歲數以下達成的實力等級。也就是說，現在實力等級距離條件差一個階級，只有「銀河級」的君兒，也沒有資格得到戰天穹的指導！

但別忘了君兒的起步比尋常人晚了十來年，更別提她早期還是在星力缺乏的原界生活，在十四歲時開始修煉至今也才四年，能擁有「銀河級」的實力已經足夠證明她的天資與努力。

聽主持人這麼一說，君兒的心中燃起了更加炙熱的火焰。只要再努力一些，相信她就可以突破壁壘，達到初步掌握領域的「星海級」了！那是爺爺最後離開戰族前的實力等級。這不僅僅只是一個分界，也是向已經成為星星的爺爺證明她可以辦得到的！

只是這樣苛刻的要求，讓不少原本躍躍欲試的學生打退堂鼓，卻也讓極少部分的學生起了興致。畢竟，有一位好的老師，無疑能讓自己擁有更多的可能性。

主持人不管學生們的議論紛紛，繼續將未完的條件說出：「通過考驗以後，還必須簽下『生死狀』才能正式接受鬼教官的指導！由於鬼教官的指導方式偏重自生死搏殺中得到突破與成長，過去曾有不少在教導過程中重傷的學生案例，凡是沒有做好死亡準備的學生，請慎重考量！」

主持人發言至此，已經造成了不少轟動。更因為他最後提出的「生死狀」條件，讓原本心存疑慮的學生放棄了給鬼教官指導的意思，反之也更堅定了極少數渴望變強的學生們意欲得到鬼教官指導的信念。

「詳細的內容，今天公開評測結束後就會公布在學院的光腦系統中，各位可以自行參考翻閱。那麼，現在來介紹我們今天的另一位主角——特招生淚君兒，據說是鬼教官於新界遊歷時發現的天才——年十八、實力『銀河級』、精神力覺醒、擁有特殊能力。」

在十八歲時能有「銀河級」，在外界可以說是天才的等級，但在人才濟濟的滄瀾學院裡，君兒的實力只能說是中下水平，讓不少學生因此譏笑出聲，暗諷才這等實力為何能被招攬入校。學院裡擁有特殊才能的人很多，並不缺君兒這樣「平凡無奇」的角色。

主持人似乎很喜歡吊觀眾胃口，見大部分的群眾面露譏諷，他暢快一笑，說出了讓所有人都為之傻愣的消息。

「附帶一提，這位女孩的修煉時間只有短短四年。」

四年！

這個數字跌破眾人眼鏡，讓原本還想嘲諷君兒的人們徹底啞然。

場地陷入一片詭異的沉默，隨後爆出了吵鬧喧囂的聲響。

「四年？四年就突破到五階『銀河級』！等於說在這四年之前，她根本是個不懂修煉的普通人而已！」

所有人看著君兒的目光都變了。變得愕然、震驚以及不可置信。

這是要多少的努力以及天分，才能達成的成就？要知道，修行除了那百分之一的天分以外，還需要九十九分的努力才行。能在四年中達成這樣的實力等級，也變相的證明了君兒擁有成為強者的潛質。

「話不多說，現在開始公開評測，就請大家見識、鑑定一番吧！」

主持人話語方落，君兒與戰天穹所在的演武台四周亮起了符文的光輝，形成一片淡淡的光膜，阻隔等會在實戰演練時可能會衝擊到外界的星力波動。

戰天穹和君兒兩人各自分開站到場地的兩個角落。

戰天穹以精神傳訊對君兒說道：（趁這個機會，我會順勢驗收妳這兩年的修煉成果，希望卡爾斯以及那位靈風的指導不要讓我失望了。）

君兒自豪一笑，回道：（我相信我會讓你很驚喜的！）

（來吧，讓我看看妳成長到何種地步了。）同時他開口說道：「我將我的實力壓制至和妳同樣的實力等級，妳在三分鐘內攻擊到我就算合格了。」

這話不僅僅是對著君兒說的，同時也是讓場外的人群知道他們彼此之間採用的實戰模式。

君兒收斂情緒，眼神在剎那轉為戰鬥時的全然寧靜──然後在下一秒，她抬手間閃過幾道炫麗的符文加持到了自己身上，直接朝戰天穹率先攻了過去！

看著君兒的反應態度，戰天穹感到欣慰，明白君兒是拿出真正的實力來與他一戰。

場外有人因為君兒如雷霆般的速度而驚呼出聲，然而真正讓人驚訝的還在後頭。就在君兒衝上前的電光石火間，她召喚符文，反手竟是抓握出了兩柄純由符文凝聚而成的短劍！

「符文凝武技巧！」

有人心中了然的看向座位上默默觀看戰況的校長羅剎，這才明白這位總是神出鬼沒的校長為何會出現在這次的公開評測上，敢情是為了這位覺醒了符文凝武技巧的特招生而來。

君兒一上來便是殺招，她很清楚面對戰天穹絕對不能有任何一絲的鬆懈，哪怕眼前這男人是自己的愛人也一樣——在修煉上，戰天穹對她比任何人都來得嚴苛殘忍！

面對君兒猛烈的攻勢，戰天穹只是輕挪腳步，沒有閃避的意思。他利用星力覆蓋於拳上，赤手空拳的對上了君兒的符文雙劍。

只要星力運用得當，星力便是最好的防禦。哪怕戰天穹壓制了實力，僅僅只是憑著在漫長歲月中累積的經驗，面對君兒的利劍依然不落下乘。

進入戰鬥狀態的戰天穹，褪去了平常時間的冷漠，變得狂放且極具攻擊性。他沒有多餘華麗的技巧，只有狂猛霸氣的重拳。

君兒神情嚴肅，絲毫不敢小瞧戰天穹看似平凡普通的拳頭。她身姿靈活，腳步敏捷的閃避迎面而來的攻擊，趁著戰天穹的拳腳開合之間，施展著環環相扣、令人難以招架的劍招。然而她的敵人是戰天穹，面對這常人或許難以破解的攻勢，他光憑著對星力的縝密控制以及精湛的技巧，便能輕鬆化解。

在過去，君兒就深刻的體會到眼前的男人在戰鬥時的冷酷。而過了多年再次面對他時，或許是因為自己的實力有所提升，戰天穹也能更放得開手腳在她面前嶄露一部分的實力。

由於在人前不能使用魔女之力以及禁忌符文，君兒只是施展過往在星盜團裡被靈風指導的戰技以及符文技巧，但光是如此，便讓人看出了不少訊息。

場地外有位負責指導學生戰技的教官，看著君兒狠辣直接的劍招與攻擊方式，神情頗是嚴肅。

「戰鬥意志很強、劍招飄逸不好捉摸，走的全是傷人的套路……這女孩過去究竟經歷了什麼？這些危險的戰鬥技巧又是……」這位教官看了與君兒對戰的戰天穹一眼，猜想或許這就是這位教官所指導出來的戰鬥風格，全然誤會了指導君兒戰鬥技巧的人不是戰天穹。

除去了基本功夫以外，君兒其他的戰鬥技巧都是另有他人指導。當然，戰天穹在皇甫世家時期為她打下的根基也有影響，招式裡免不了帶上幾分屬於戰天穹那狂野暴力的風格，這也是讓別人誤會的主因。

「能夠使用符文戰鬥，不愧是擁有符文凝武技巧的天才。」另有其他教導符文的教官對君兒使用符文戰鬥的方式表露讚賞。精簡星力與精神力，將之妥善適當的運用在施展符文上，完全不浪費一絲一毫的力量，可見君兒曾對此下過一番功夫。

內行人看門道，外行人看熱鬧。教官們私下評論著君兒，學生們則是細細的品味著戰天穹在同實力攻防之中彰顯的絕對技巧，他對星力的運用以及攻擊時機的拿捏，為學生們展現出了另一種極端極致的戰鬥模式——最佳的防禦就是攻擊，這句話放在戰天穹身上最適合不過。

羅剎在場外關注兩人戰鬥，半瞇的金眸卻看出旁人難以知曉的訊息。

戰天穹的攻擊方式似乎變得比過去狂放許多，他猜想這或許是因為戰天穹正進入和噬魂合一的階段，在逐步取回自己本來面目的同時，攻擊模式也逐漸有了變化。

看著赤手空拳與君兒搏鬥的戰天穹，羅剎的思緒飄回了與戰天穹初遇的那段時間……那個比起現在更加放肆狂野的男人，在經歷了手刃親族以及心魔控制的時光後變得沉穩內斂，直到最後終於又漸漸恢復了最本來的模樣，卻同時保有了過去經歷締造而出穩重，不得不說人的成長是難以解釋的奧秘。

至於君兒，看著她的成長，羅剎除了激動與欣慰之外，沒有其他情緒了。

前世的牧辰星是個什麼樣的人，他最清楚不過，轉世後的君兒也如父親與母親期許的那樣，將

與魔女靈魂融合為一的符文之力發揮的恰到好處。

在這場戰鬥中，他看見了君兒為了「生」而執著成長的信念，這是牧辰星所沒有的情緒……

場中，面對君兒的近身纏鬥猛攻，戰天穹顯得遊刃有餘。

君兒比起兩年前分離時變得更強了。戰天穹自然也聽君兒說過她有嘗試掌握魔女之力的這件事，這讓他不禁好奇起施展魔女之力的君兒，實力會比現在翻漲多少。

他只是腳步輕挪，巧妙的運用精湛的技巧配合星力，卸除君兒攻來的猛烈力道，並沒有因為君兒的攻擊有大幅度的移動。

兩人的戰鬥不僅只是拳腳相向，更是利用精神力進行了一場意志間的鬥爭。

然而，戰天穹的意志是經歷漫長歲月所淬鍊而出、如鋼鐵般的可怕意志，面對他那猶如高山般始終屹立不搖的堅強意志，更激起了君兒的好勝心。

或許常人不能理解他們這樣的互動方式，但對君兒而言，戰天穹除去了愛人的身分以外，更是她人生中最好的導師。她可以毫無顧忌的對他全力施展自己的全部力量，恣意發揮，然後從中體會到自己的進步。

自己的愛人很強，對女人來說是一種榮耀與安全感的體現——但，又有多少女人願意離開那溫暖的懷抱，選擇變強這條危險並且充滿痛苦的道路，只為了伴隨其身邊一戰？

君兒因為過去的經歷以及魔女的身分，使得她這一生註定不平凡，所以她只能堅強，只有不斷的變強，她才能從那無形的命運中拿回主宰自己未來的權力。

久攻不下非但沒有讓君兒挫敗，卻意外的點燃了她更加高昂的鬥志。她偶爾也會因為彼此之間的差距感覺失落，但她更願意將這份失落感轉為成長的動力，鞭策自己繼續努力，相信自己在未來一定會成為與之並肩的存在！

她有些激昂情緒，手中的劍招開始有了變化——

場外的所有人看見君兒攻勢的變化，知道這一戰即將進入尾聲，無不提起心眼兒專心一致的關注場中戰得難分難捨的兩人。

望著始終沒有出現破綻的戰天穹，君兒想起了靈風在指導她時曾經說過的一句話：「沒有機會，那就製造機會；沒有破綻——那就製造破綻！」

君兒雙手中的符文短劍忽然變了色澤，紫紅色的雙劍代表著「空間」屬性，那是禁忌符文的力量——然而，卻是不完全的。

看著這一幕，羅剎面露愕然，隨後認出了這並非真正的禁忌符文之力，他這才鬆了一口氣。

「模擬禁忌符文……」羅剎喃喃自語道。

他嘴邊彎起了一抹自豪的笑意，君兒這樣意料之外的發揮讓他很是開心。對他來說，君兒所能掌握的符文之力越多，等同於她依賴魔女之力的機率越小。

羅剎的話，讓一旁符文類組的教官面色起了變化，驚愕的看著君兒手中那變換了色澤的符文雙劍。要知道，掌握禁忌符文的人在新界非常稀少，畢竟那是犧牲生命力施展的絕對殺招。模仿本身就有其難度，更別提是模仿這種罕見的禁忌符文了。

感覺到君兒雙手符文劍上傳來的異常能量波動，戰天穹的表情終於有了變化，帶上了幾分淡淡的訝異。

君兒神情嚴肅，揮出一道看似再尋常不過的劍光。

這次的劍光與先前的略有不同，當劍刃揮下，場外只看見一道深紫紅色的光輝，急如星火的攻向了戰天穹！

淡淡的空間波動，讓始終關注著場內兩人的幾位教官紛紛震驚的站了起來。哪怕只在轉瞬間出現，但那空間的波動卻是無比清晰真實。

還沒擁有領域、並未踏足「星海級」的君兒，竟然能夠利用符文之力率先掌握唯有更高層次實力才能掌握的空間之力，光是這點就讓人無比震驚。

以同等實力面對君兒這樣的攻擊，戰天穹依舊沒有迴避，只是站穩了腳步，以剛猛的拳對上了那柄夾帶著淡淡空間之力的利劍。

在拳劍接觸的瞬間，每一個人似乎都聽見了某種事物碎裂的聲音。實力較強的教官們看見了戰天穹的拳頭與君兒的利劍交錯當下，周圍的空間產生了細微破損的畫面。

這一劍僅僅只是模擬禁忌的空間符文，卻耗盡了君兒在這場劇烈戰鬥中所剩無多的氣力。她粗喘著氣，散去了雙手中的符文劍，卻是驕傲的站立場中。

就如同戰鬥開始前戰天穹說的那樣，只要她能在三分鐘以內攻擊到他就算合格——先前的猛攻，君兒很清楚戰天穹全靠著星力抵擋下來，而這一次模擬空間符文的劍招，則成功的破開了戰天穹覆於體表的星力防禦，攻擊到了他的血肉之軀。

只是戰天穹修煉至今的體魄已是猶如鋼鐵，以目前君兒的實力還無法做到真正實質上的傷害，只是在那雙拳頭上留下了淺淺的痕跡。然而，這樣她就很滿意了，過去幼年的她，可是連戰天穹的衣角都摸不到，更枉提攻擊到他了呢。

得的。

「妳合格了。」

君兒因為戰天穹的肯定而笑了，哪怕只是一句淺淺的鼓勵，都能讓她覺得自己過往的努力是值得的。

當場中的戰鬥告一段落，外頭卻已經炸了鍋。不少教官在戰鬥結尾時感覺到了君兒那一劍夾帶的空間波動，已是震驚的互相談論了起來。

「果然不簡單，難怪會惹來校長的關注。」

「能夠用普通的符文模擬出禁忌符文的力量，天才一詞當之無愧！」

教官們議論紛紛，最後竟然連符文類組的教官都決定要參與爭取成為君兒的責任教官選拔。

「大家不先聽聽校長怎麼說嗎？」一道溫柔如水的聲音傳了出來。

教官們定了心，目光落到了閒散慵懶坐在座位上的妖異男子身上。

羅剎沒有理會發言的銀髮女教官，只是對著其他的教官們開口說道：「我只擔當這女孩的符文指導教官，然後會由鬼教官擔當她的戰技指導……」

望著場外有些學生不滿的目光，羅剎解釋道：「君兒雖是『銀河級』，卻已經擁有了『星海級』的戰力，光憑著這點以及方才她展現的符文技巧，足夠鬼教官破例指導她了。」

他看向教官們，說道：「至於責任教官一職，你們自由爭取吧。戰技教官的部分我會和鬼教官討論，然後由最後選出的責任教官替君兒選擇最適合的戰技教官。」

羅剎此言一出，其餘符文類組的教官立即露出了失落的情緒。畢竟學院內最強的符文指導者唯有「陣神滄瀾」，連校長大人都親自開口要指導君兒，那麼其他的符文教官根本爭不過。

「那麼，一週後正式決定君兒的責任教官。請教官們先提出初步的教育提案，我會選出最適合君兒的責任教官。以上，評測結束。」羅剎下達了指示，然後頭也不回的離開了。

這一次君兒可謂是一戰成名，有些人在戰鬥開始時就開起了光腦系統進行錄影，在結束之後傳到了學院光腦系統的論壇上去，很快就引來了熱烈討論。而戰天穹哪怕在這場戰鬥中沒有施展全力，但他剛猛的戰鬥方式以及其精湛的技巧，同樣吸引學生們的目光。

君兒兩人一離開演武場時，有不少教官試圖上前親近，卻都被站在君兒身邊，冷眼掃視接近者的戰天穹瞪退了腳步。

「與其拉攏君兒，不如回去把初步提案寫好給校長參詳。」

戰天穹冷冷的發言，讓一些有此打算的教官無奈的摸摸鼻子離開了。

就在打發了幾撥試圖親近君兒的教官以後，最後場中只剩下他們兩人，以及那位先前用著熱烈目光看著戰天穹的銀髮女教官……

Chapter 115

寧讓別人受傷，
不願愛人流淚

見場中人群散去，對方這才走了過來。

女教官臉上有著溫柔笑意，不再掩飾自己對戰天穹的愛慕之情。

「鬼教官，許久不見了。當初你為何忽然離開學院呢？一點消息都沒有留下……」邊說，女教官邊繼續朝戰天穹走近。

只是，回應她的卻是戰天穹冷漠到了冰點的眼神。

隨著越是靠近，女教官越能感覺到眼前赤髮男子那毫不掩飾的警告壓力，這讓她澀然一笑，對自己被這樣排斥抗拒而傷感了起來。

君兒平靜的望著眼前這位美麗大方的女教官。她對對方被戰天穹冷漠以對絲毫沒有同情之意，畢竟，對方喜歡自己的愛人，那麼從感情的角度上來說，彼此就是敵人。對待敵人是不需要同情的，哪怕對方與自己同為女人也一樣。

戰天穹對對方的冷漠，也表明著自己的態度與立場，絲毫不讓君兒有任何誤解的機會。因為對他來說，比起讓君兒傷心流淚，他寧願讓其他女性受傷難過。

戰天穹是個從不表露溫柔的人，關於這一點，女教官清楚得很，卻在闊別多年他回到學院以後，身邊竟多了位能夠靠近他到如此接近距離的女孩，基於比較心理，她試著嘗試挑戰戰天穹的底線，看他是否因為時隔多年而改變了性格……當然，結果是否定的。

戰天穹收回了冷瞪著對方的目光，回頭對君兒說：「走吧，我帶妳去見校長。」

他不想理會女教官，但對方顯然不想讓戰天穹那麼輕易就離開。

「鬼教官你還是跟十幾年前一樣冷漠，難道我過去的努力還是沒辦法讓你感覺到我的心意嗎？這十幾年我一直在等你回來——」女教官神情堅定，卻是臉兒緋紅的口出驚人發言，只是對比她顫抖緊抱著懷中資料的雙手，顯然說出這句話對她來說也是一大挑戰。

君兒訝異的看了對方一眼，儘管有猜想對方喜歡戰天穹許久，卻在肯定之後還是有些驚訝。哪怕如今男女的平均壽命因為修煉而拉長許多，但十幾年的等候，需要的是非比尋常的毅力與信念才能堅持的下來。對於這位「情敵」的表態與堅持，君兒心生佩服。

然而，戰天穹依舊面無表情，就彷彿女教官說的話只是再尋常不過的日常對話。

女教官定定的看著戰天穹，面對冷漠如昔的愛慕對象，她眼眸很快就染上了水氣，若非此時場中人煙散去，否則怕會有不少人因她這番柔弱的模樣而為之心疼。

見氣氛僵硬，君兒腳步輕移，來到戰天穹身旁，對著那位女教官露出一抹俏皮笑容，主動打破了這壓抑沉重的氣氛。

「教官妳好！我知道妳和鬼教官久別重逢有很多話想說，不過鬼教官現在需要和我一起去見校長，我想還是不要讓校長大人久等比較好。」君兒神情認真的說道，進退得宜的以羅剎為藉口，讓女教官沒有別的理由好再繼續強留戰天穹。

聽君兒這樣說，女教官無奈的溫柔一笑，諒解體貼的說道：「那好吧，既然這樣，鬼教官就先去見校長大人吧。我們有機會再聊。」接著她看向君兒，說道：「妳叫淚君兒嗎？妳是個很棒的學生，相信會有很多教官爭取成為妳的責任教官。另外，這一次我也會參與爭取資格，以後就請多多指教了。」

女教官很快就平復了心情，恢復了本來的溫柔平靜。

「走了。」戰天穹對著君兒冷漠開口，甚至沒有回應那位女教官，率先一步離開，直朝學院中心高塔前進。

君兒有禮的對著那位女教官行了個淑女禮節，然後邁開腳步追上戰天穹，與之一同離開。

直到兩人離開，那位女教官臉上的神情才終於有了幾分變化。

「……淚君兒是嗎？應該就是小緋和小蘭說的那位朋友了。看樣子就算我不願意，還是得試著爭取責任教官的資格呀。為情敵安排成長的課程，組織可真是為我安排了一個大難題呢……」

四下無人時，女教官無奈的埋怨著。

「不過，這也正式確認了這位女孩與鬼教官的異常關聯。就是不曉得『大人』為何特別要求要關注鬼教官以及他身邊出現的人？」

甩開了疑惑，女教官臉上再度掛上了本來的優雅模樣，背對著高塔所在的方向離開了。

＊　＊　＊

君兒看著一臉平靜的戰天穹，嘴邊忍不住彎起一抹帶有促狹之意的笑顏。

「鬼教官對愛慕者一向都那麼冷漠嗎？」

戰天穹望著似笑非笑的君兒，莞爾道：「吃醋了？」

他直接點破君兒這番問話的深層意思，惹得君兒微微泛紅了臉，默認了這個事實。

儘管君兒明白對方不是自己的對手，但總還是有些吃味。

不過，對於君兒這略帶醋意的表現，卻讓戰天穹感覺到自己是被她所重視的，心裡因此浮現暖暖的幸福之感。

戰天穹面露笑意，絲毫沒有面對女教官時的冷漠無情。他開口說道：「這個世界上，只有妳願意包容我的黑暗，妳是我唯一的光，沒有人能取代妳在我心中的地位。其他人看見的只是我光明的一面，卻不曾見到我隱藏在底下的黑暗……真要說的話，旁人喜歡的也不過只是我虛偽的表象而已。」

戰天穹這番表明情意的話語，讓君兒羞紅了臉龐。面對這在私下時間開始慢慢學著傾訴自己內心情感的男子，君兒除了欣喜以外，同時也為了戰天穹正逐漸呈現最真實、毫不掩飾的一面而感覺心疼。

她心念一轉，問道：「如果對方也願意接受你的黑暗面，天穹會願意給她一個機會嗎？」見四下無人，君兒親暱的喊著戰天穹的名。她望著戰天穹的眼神清澈，只是單純的好奇。

「不會。」戰天穹毫不猶豫的回應道，「沒感覺就是沒感覺，哪怕對方喜歡我多少時間、為我付出多少，沒辦法讓我心動就是沒辦法。我不像一些男人那樣，會因為對方的無悔付出而被感動。我的性格就是寧願讓別人傷心，也不願我所愛的人流一滴淚。」

聽聞戰天穹話中的情意，君兒深深的被感動了。

「傻瓜。」君兒輕笑。

「為妳，我願意傻一回。」戰天穹赤眸裡有著柔情。只是隨後，他的表情轉為凝重。「對了，君兒妳之後要小心剛剛那位女教官。」

「嗯？」君兒有些訝異戰天穹的突來發言，不解他為何會特別警告她要小心那位美麗的銀髮女教官。

一道男聲突兀的在兩人身後響起，代替戰天穹給出了回答：「那是因為雖然她是學院裡的教官，但她同樣也是『九天醉媚』組織的核心成員之一。」

戰天穹以及君兒不約而同的轉頭。

就在兩人後方，一名容貌妖異的男子出現在藍色符文法陣之中，隨著法陣光輝閃動，男子的形影也由虛轉實。

君兒看著眼前的男子，神情瞬間轉為冷漠。來人的這個樣貌讓她感覺陌生。

透過法陣瞬間傳送過來的人便是羅剎。然而當他看見君兒表現出的疏離神態，原先臉上的淡然消失，有些尷尬無措的不知該如何是好。好在三人所在之處沒有其他人，不然羅剎這位校長的氣度全都被他此時的模樣破壞殆盡了。

戰天穹見羅剎對他投以求救的目光，開口提示道：「君兒不喜歡你這副模樣。」

羅剎「啊」了一聲，腳下再次閃現法陣光輝，形影一陣扭曲，瞬間就讓他轉變成了男孩的模樣。也確實，君兒在看見羅剎的男孩樣貌後，臉上的冰冷稍微放緩了幾分。

不過當她一想到羅剎先前的發言，忍不住問道：「你剛剛說什麼『九天醉媚』？」

羅剎和戰天穹互看一眼，最後由羅剎開口解釋道：「那是守護神『魅神妲己』所主持的一個名為『九天醉媚』的大型組織。雖然學院裡也有不少其他組織成員混入其中，但唯獨這個組織，君兒妳需要特別注意。」

羅剎那張男孩的臉龐不經意的變得嚴肅。

「『魅神妲己』從過去開始就一直熱衷於探索古遺跡以及尋找失落的歷史與科技……有消息指出，她對先前流傳的魔女謠言中提到的『魔女』非常感興趣，也曾透過一些擁有罕見預言天賦的人口中得知魔女的消息。再加上，對方與霸鬼有些仇怨……」

他看了面無表情的戰天穹一眼，見戰天穹似乎沒有解釋的意思，便又繼續說了下去。

「唔，總之，『魅神妲己』從過去開始就一直暗中關注著霸鬼的消息，試圖找到霸鬼任何可能的弱點。而塔萊妮雅身為『九天醉媚』隱藏在學院中的成員，我想她多少會收到『魅神妲己』特別要求要關注妳和霸鬼的任務指示。」

「塔萊妮雅？是剛剛那位女教官嗎？……這麼說來，莫非她喜歡天穹的事情是假的？」君兒很快就得出了結論，也難怪戰天穹一直對那位美麗的女教官不假辭色。只是一想到先前那位女教官對戰天穹表露的情感，卻怎樣都不像是在作戲。憑著她曾在環境複雜的星盜團中磨練出來的眼光，那位女教官流露的深刻情感是真實的。

「應該是真的，塔萊妮雅從很久以前就一直在公開追求霸鬼了。當時她公布自己的感情所屬時，不曉得有多少愛慕她的男教官傷心欲絕呢。」

羅剎有些同情的看了戰天穹一眼，見後者仍舊面無表情，而君兒的神情更無氣惱，只是平靜，他登時眉一挑，知道眼前兩位根本不將那位痴情女教官放在眼裡。

「抱歉了，雖然塔萊妮雅是『九天醉媚』的人，但她卻是個難得一見的好老師，而且明槍總比暗箭好躲，所以我一直沒有開除她。」羅剎接著說道，同時一聳肩頭表示自己的立場。身為學院的校長，一位好的教官老師是不可多得的資產。

戰天穹冷漠回應：「我知道，所以我從來沒理會過她。」

「總而言之，小心為上。不過這裡是我的地盤，只要君兒待在學院裡頭，我可以保證沒有人能夠在學院裡傷害妳。」羅剎神情嚴肅的給出承諾，但是君兒卻始終未曾正眼瞧他，讓他感覺難過。

戰天穹看到這樣的情況，未免羅剎感覺太難過，便主動帶起了另外一個話題：「君兒，之後會由羅剎指導妳符文技巧，妳有什麼特別的要求嗎？可以趁現在與羅剎談談。」

君兒看著一旁的羅剎，抿起了粉唇。

良久後，君兒對著羅剎冷聲說道：「你能辦得到跟天穹一樣嚴苛的指導我嗎？」

羅剎一愣，端正了神情，認真嚴肅的給出了回應：「如果這是妳的願望的話，我能保證對妳的訓練會比霸鬼更加嚴苛。」

因為羅剎的慎重回應，君兒有些呆愣。她沒想到羅剎回應的那麼快、那麼認真。看著那雙絲毫沒有猶豫與動搖的金眸，君兒有些被打動了。

僅因變強是她的願望，所以他毫不猶豫的要盡力協助她？

君兒困惑的提問：「為什麼……你們當初也是因為牧辰星的一個願望，所以為她做了那麼多的事情，到底為什麼要為了她和我做那麼多？」

羅剎顯然沒料到君兒會這樣問，他想也沒想的給出了答案：「因為妳是我妹妹啊。哥哥幫助妹妹、照顧妹妹，不是天經地義的事情嗎？至於父親大人和母親大人，我想也是因為他們愛著妳，所以才願意無條件的為妳做那些事情吧。」

君兒因為羅剎的回答神情一滯。
……就因為愛著她，所以就去傷害別人？
「別想太多。」戰天穹輕摟住神情有些恍惚的君兒，知道她又在糾結靈風兩兄弟的事情了。
「我沒事。」君兒苦澀一笑，卻是不想再提這件事，她主動帶開話題說：「既然一週後才會決定我的責任教官，那課程還沒正式敲定的這段時間，我可以去學院裡旁聽課程嗎？我大略看了一下學生手冊裡的注意事項以及現有的固定課表，有幾堂課是我感興趣的，想去旁聽看看。」
羅剎見君兒迴避話題，有些擔憂的看了她一眼，然後點點頭，「嗯，可以。之後若有妳感興趣的課程，也可以跟妳的責任教官提出，請教官幫妳安排時段。」
「那麼，接下來我有一堂課程想去旁聽，天穹、羅剎校長，我們就暫時先告別吧。」
君兒的笑容帶上了幾分疏離，而她對羅剎的稱呼更是讓羅剎面露無奈笑意。
戰天穹深深的看了君兒一眼，上前擁住她，同時用精神傳訊說道：（別給自己壓力，慢慢來，相信妳總有一天能釋懷的。）
君兒輕輕點頭，然後告別離開。
羅剎的眼神有些空洞，低垂著頭，活像個被奪去生氣的人偶。他機械似的問著：「君兒還是很討厭我嗎？」

戰天穹輕聲一嘆，抬手拍了拍男孩羅剎的腦袋瓜子，以表安慰。

「給君兒一點時間，我想她會懂的。她是個很重感情的女孩，靈風和靜刃那對兄弟的事情帶給她太多的自責。你別在意，至少我知道她不是真的討厭你，如果她真的討厭你，那我想你連讓她生氣憤怒的資格都沒有。」

羅剎笑得哀傷，說道：「我有時候會想，我和母親大人是否做錯了呢？但或許能被討厭也是一件幸福的事情吧，總比什麼都沒能留下來得好……」

「對那對兄弟而言，你們或許錯了，但若正視自己內心的願望，你們的選擇則是對的。這個世界沒有對錯，只是易地而處罷了。你別想太多，還有盡量不要在君兒面前用成年男性的型態，我想她對你男孩的模樣比較熟悉，因為她曾在夢裡見過你的男孩樣貌，試著用這樣的型態去接近她吧，我想君兒會慢慢對你敞開心扉的。」

戰天穹難得說出鼓勵，讓羅剎低落的心情終於好轉。隨後羅剎像是想到了什麼，金眸一轉，露出一抹欣喜笑容來。

「現在的我不了解君兒，那麼就趁君兒還沒正式開始課程前多了解她一些好了。」

「嗯，也好。」戰天穹表示肯定。

「那、我要偷偷跟在君兒身邊，看她平常都在做些什麼！謝啦霸鬼，晚點再聊——」羅剎話語方落，腳底下瞬間閃過藍光符文，人也跟著化為虛影消失了。

「等……」

戰天穹的第二個「等」字還沒說完，羅剎就跟著腳底的符文一起消失不見了，這讓他有些無言。隨後他一嘆，說道：「也好，至少這是一個讓他們重新熟悉的機會。」

儘管他也很想跟上去，但礙於手邊還有工作要忙……等等，羅剎該不會是想逃避公務，所以才假借要了解君兒的這件事而逃跑吧？

「唉，真是……」無奈搖頭，戰天穹再一次的嘆息出聲。

＊＊＊

君兒在離開兩人之後，才終於深深的嘆了一口氣。

面對羅剎，讓她感覺壓力。

她不是沒有看見當她疏離的稱呼羅剎一聲「校長」的時候，羅剎臉上的受傷表情，那讓她感覺有點揪心。之所以會說要去旁聽課程，多少也是藉由這個理由逃避面對。

「什麼時候我變得那麼懦弱了？」君兒苦笑。如果靈風在的話一定會笑她的；還好戰天穹一直都是無條件支持她的一切決定，從來不會逼迫她去面對羅剎，多少讓她放鬆了壓力。

「算了，先以學習為重，其他事情以後再說吧。」君兒最後拍了拍自己臉頰自我鼓勵一番，拿出光腦系統查找某堂課程的所在教室以後，便朝該教室方向去。

就在君兒後方有段距離的所在，一道藍色的符文出現在隱密的一個角落，羅剎探頭探腦的自法陣中走出，小心翼翼的利用符文隱藏自己的氣息與形體，偷偷摸摸的跟在君兒身後。

他不敢貿然出現在她身邊，就怕君兒再一次的對他表露疏離，所以只要遠遠看著就好了……

「就是這間教室嗎？」

君兒提前抵達了等會就要進行課程的教室，因為距離上課時間還有段空檔，所以教室裡沒有多少學生。這是一間寬敞的長方型教室，座位由教室前方的講台向後呈梯型提高，方便後方的學生有足夠的視野可以觀看老師教授的知識。

君兒隨意選了一個偏中後方的無人座位，按照學生手冊上的指示啟動了座位上的教學用光腦系統，瀏覽起這堂課的相關內容。

這堂課是一門基礎的人類歷史學，內容大部分是講述從舊西元時期人類發現新界以後開始的歷史沿革。君兒過去生活在原界，就算來到了新界以後，在星盜團裡也沒多少時間好好了解新界的開發史，她希望能藉著這一次的課程更了解這個世界。

隨著課程即將開始，教室也開始有了人潮。

因為滄瀾學院的教學模式自由性質較高，普通學生可以自由選擇課程，而像歷史學這種基礎課程，只要固定參與個一、兩次就可以結束課程，畢竟新界歷史對新界土生土長的居民而言，可說是耳熟能詳的知識了，所以參與課程的學生最後並沒有坐滿整間教室，導師便已經在講台上準備要開始課程了。

君兒在完成公開評測後已經大出了風頭，學院的系統論壇上也有不少討論她和鬼教官的文章。面對第一次出現在課堂上的陌生女孩，尤其又沒有穿著學院制服，有不少學生在看清君兒的樣貌後，認出了她就是今天公開評測的主角之一，忍不住對她投去好奇的注目禮。

就在課程即將開始前，有位模樣俏麗、氣質帶著幾分柔弱的女孩子，好奇的坐到了君兒身邊的無人座位上，主動向君兒自我介紹。

「那、那個……妳好，我是菲娜。請問妳是今天進行公開評測的那位特招生嗎？」

君兒回首一看，坐在她身旁的少女此時正臉泛紅暈，有些害羞的望著她。

對方穿著一襲白底藍邊的連身短裙制服，一頭淡金色的長髮綁了一對俏麗的雙馬尾，深藍色的眼眸有著好奇，年紀看起來比自己略小個一、兩歲。

看著對方的白底制服，君兒知道對方是屬於符文類組的學生。符文類組比較著重符文的設計與運用，所以制服下半身是採取裙襬的設計，與戰技系的服裝略有不同，更多幾分文學氣質。

少女因為君兒的目光而有些羞怯緊張。不知怎的，少女的怯弱模樣讓君兒想起了分離有段時間的朋友紫羽。再加上感覺不到對方的惡意，君兒對著她點頭，給出了肯定的回答。

「我是淚君兒，叫我君兒就可以了。」

君兒友善一笑，讓少女瞬間定了心，不再那麼緊張了。

自稱「菲娜」的少女也跟著笑了起來，俏臉泛紅的說道：「妳、妳是來旁聽課程的嗎？這堂課的老師人很好，作業也不多，基本上只要固定出席個三次就可以結束這堂基礎課程……啊，說了那麼多，歡迎妳來到滄瀾學院。」

第一次旁聽就難得遇上友善的學生，這讓君兒因為羅剎而陰鬱的心情不由得轉為歡喜。只是敏銳如她，還是能感覺得到從座位四周傳來的探詢目光。

「那麼，我們上次講到了守護神之一『海神波賽特』的成名戰役，接下來我們來談談——」講台上的老師利用星力擴大了聲音，開始展開了這天的課程。

君兒在傾聽課程時，還不忘抽空和菲娜交流特招生的一些注意事項。聊著聊著，她才知道菲娜是因為較尋常人更早覺醒精神力，對符文學習力敏銳，在經過考核之後才破格錄取的特招生。只是她這種符文類組的特招生跟君兒又略有不同。戰技類組的特招生重實戰，所以有雪薇當時告訴她的挑戰模式存在；而符文類組的則重研發設計與理論，比較傾向於獎勵式的任務模式，學院會固定發放嚴苛的提目供學生解題，解題成功的人可以得到各式各樣的獎勵。

由於菲娜給君兒的感覺實在太像過去的紫羽，都是那樣溫柔又羞澀的單純性子，讓君兒不自覺的對菲娜多了幾分親近。

只是隨著課程時間即將結束，君兒感覺到原本駐留在自己身上的探詢目光，開始帶上了幾分試探性的壓力以後，憑著過去的經驗，她多少猜得出有麻煩要來了。

果不其然，就在課程結束以後，有幾位學生不約而同的來到君兒和菲娜兩人身旁，一開口便是

挑釁：「妳就是今天來的那位『特招生』嗎？以前沒看過妳哦，妳是哪個家族的人？我可是……家族的人哦！跟妳同樣是戰技系的，以後挑戰的時候就請多多包涵啦。」

對方穿著戰技系的黑色制服，一上來就自報身家，這樣直白炫耀自己身分的說詞，讓君兒忍不住就想大翻白眼。不過很顯然的，對方似乎將自報身家當作挑釁前的威嚇詞，擺明了要她自個衡量自己背後是否有靠山、而靠山是否又夠硬，能否承受得住挑釁與挑戰。

「欸，你們不要每次都欺負新生好不好！」菲娜生氣的雙手叉腰，只是她氣呼呼的模樣絲毫沒有威脅性，反而還引來對方的大笑聲。

「拜託，給新生下馬威不是學院的傳統嗎？莫非菲娜妳想要為新特招生強出頭嗎？要知道，妳們符文系一向沒什麼戰鬥力……」不理會氣憤的菲娜，對方轉頭看向君兒繼續追問道：「欸，妳是哪個家族的？我記得妳姓『淚』這個姓氏，對吧？從來沒聽過有這個姓氏的家族，八成是民間的平民百姓吧？」

從他的語氣不難聽出這個時代無論在哪裡，家族幾乎成了身分地位的代表。隨後對方繼續說道：「我看妳要不要乾脆加入我們的團體，由我們這些學姐學長來照顧妳如何啊？代價嘛……就是一點積分而已。用一些積分換我們幾個家族的庇護不錯了。」

「君兒妳不要被他們騙了，這些人都是騙妳的，加入他們的團體反而還會被他們剝削！」菲娜焦急的說道，就怕君兒會被這些人欺騙。

但君兒心裡自有底線，她只是神秘的微笑，不予回應。她不會隨便將戰族掛在嘴邊，哪怕戰族現任的族長是她的乾爺爺、戰族的鬼大人是她的愛人也一樣。

「真正有內涵教養的大族成員，是不會無時無刻像隻炫耀羽毛的火雞一樣，四處張揚展現自己所屬的家族的。謝謝你們的好意，我還想把我的積分拿去挑戰教官呢。」

君兒淺淺一笑，優雅的給出了回答。然後就在對方還沒理解她語藏暗諷時，便拉著焦急的菲娜繞出人群，頭也不回的離開教室。

良久後，那群被君兒表現出的優雅氣度弄得愣住的一群學生們，才有人後知後覺的明白君兒那句話是罵他們像火雞一樣沒事在炫耀羽毛呢！

菲娜倒是思緒敏捷的了悟君兒的語中深意，忍不住噴笑出聲。

「君兒妳好厲害！」她崇拜的看著君兒。

「我習慣應付這種人了。」君兒輕笑，她想起了昔日皇甫世家那些與她針鋒相對的大小姐們。

過去所承受的嘲弄戲謔，如今讓她成為一個能成熟應對事情的人了，不得不說這是過去的她不曾想過的進步。

「君兒之後還有想要旁聽的課程嗎？」菲娜喜孜孜的詢問君兒，就想和君兒一起去上下一堂課，好好認識這位新朋友。

「為什麼不說妳是戰族的人？」

只是還不等君兒回應菲娜的問題，一道略帶氣惱的稚嫩嗓音打斷了她意欲說出的回答。

羅剎不知何時出現在君兒身後，神情複雜的看著君兒。他方才偷偷用符文隱身陪著君兒，自然也知道所有的事情經過。他不解為何君兒明明有戰族庇護，卻又為何笑而不答，這樣可能會為她惹來很多麻煩。

「咦？欸？君兒，這是妳的……弟弟嗎？他長得和校長大人好像哦！」菲娜驚訝的看著男孩模樣的羅剎，對著那粉嫩嫩的小男孩展顏微笑。

君兒也有些驚訝，對羅剎問道：「你一直跟著我？」對此，君兒蹙起柳眉，對羅剎的「跟蹤」感到不悅。

「呃……」羅剎只得乾笑，睜著一雙水汪汪的大眼睛裝無辜。糟糕，他其實只是打算偷偷觀望，本來沒要現身的意思。

「我只是關心妳第一天上學不習慣嘛。」羅剎用屬於男孩的聲線對著君兒撒嬌，卻意外的擄獲了另一位少女的心。

「君兒妳弟弟好可愛哦，不要罵他好不好？他也是擔心妳嘛。」菲娜見君兒冷漠對待羅剎，竟是不忍心的為羅剎求情。

「……」如果妳知道這位「弟弟」是妳口中的那位「校長大人」，妳還會這樣說嗎？君兒哭笑不得的在心中這樣想著。

當然，君兒是不可能把這段內心話說出口的，她長嘆了口氣，伸手將被菲娜揪臉的男孩一把拉過來，目光冷漠的瞪著他。

「我想，我們需要好好談一談！」

「哦……」羅剎抬手撓撓鼻頭，尷尬無奈的笑著。

因為羅剎的出現打亂了自己之後的旁聽計畫，君兒便和菲娜交換了聯絡方式，約好之後一起上課。然後她便扯著羅剎先一步離開現場，決定找個安靜的地方好好跟這位「哥哥」談一談！

Chapter 116

預料之中

「抱歉，君兒……我又惹妳生氣了對吧？」羅剎悶悶不樂的說著，他頭低低的望著地面，就是不敢看那一臉冷漠、眼帶審視望著自己的黑髮少女。

只是當羅剎一想到先前那些學生以家族示威，君兒卻怎樣也不說出她是戰族或他所庇護的人，就忍不住想要跳出來為她說話。儘管他在第一時間壓下了這樣的衝動，但等君兒離開教室，他還是想詢問她為何不解釋。

「你跟著我幹什麼？」君兒冷冷的問著，卻因為羅剎那副委屈的模樣而臉色稍微放緩了幾分。男孩羅剎比起他成年男子的樣貌更讓她感覺親切，要對這樣的羅剎發脾氣，說實在的，君兒怎樣也氣不起來。

「嗯……就、我想我們分開那麼久了，妳對我一定非常生疏，我也不怎麼了解長大以後的妳，所以想說偷偷跟在妳四周觀察妳的一舉一動，試著多了解妳一些嘛……」羅剎小心翼翼的抬頭看了君兒一眼，然後試著擠出一抹微笑來。

君兒覺得很是無奈，她搖頭嘆息道：「『陣神滄瀾』這樣跟蹤別人真的好嗎？說老實話，我實在很不能相信你會是那位高高在上的『陣神滄瀾』。」

所幸四下無人，她才敢這樣坦言。

「還有，你可以隨意用這副模樣出現在別人眼前嗎？學生們、教官們不會說些什麼嗎？」君兒柳眉輕顰。羅剎與「陣神滄瀾」的特徵幾乎一樣，難保有心人士作聯想。

羅剎金眸一轉，聽出了君兒語中的關心，不由得展顏微笑，說道：「君兒妳放心！這點我已經考慮好了。知道『陣神滄瀾』有另一個面貌的只有霸鬼、雪薇、卡爾斯還有妳而已！那些暗中關注我的組織成員可不知道我有這樣的面貌。對外可以說我是雪薇表妹的小孩，只是湊巧和『陣神滄瀾』有相同的特徵。因為雪薇的表妹有要緊事，所以臨時將我託給雪薇照顧，然後因為我新來到學院沒有朋友，雪薇便讓我和妳做好朋友，妳覺得這樣如何？」

從這番話中不難聽出羅剎早有預謀。

君兒沉思了片刻，覺得這個方法確實不錯，至少這是個能說服外人的妥當解釋。在公開評測結束時，羅剎也以「陣神滄瀾」的身分表示他會擔當她的符文指導教官，這麼說來，她自然也會和身為校長秘書的雪薇小姐多有聯繫，那麼介紹這位「表妹的小孩」給她認識，倒也合理。

「那好吧，不要被人懷疑就好了。」

羅剎快樂的笑著。「那我以後可以常常去找君兒了吧？」他眼眸閃亮的說道，仗著自己是男孩模樣，毫不猶豫的裝起可愛來了。

「……不要妨礙我修煉和學習就好了。」君兒回想起自己先前疏離對待羅剎時，他那受傷的表情，感覺於心不忍，最後妥協讓他可以適當的接近她。

或許這是一個好的開始。

「耶！」羅剎高舉雙手歡呼出聲，讓人難以想像這樣開朗雀躍的男孩，會是那位傳言中的人類守護神「陣神滄瀾」。

哪怕只能接近一點點，但只要君兒不再排斥他，羅剎就感覺自己得到了全世界最棒的寶物。

之後的時間裡，羅剎只要一有空便會經常來找君兒。對此，戰天穹雖然無奈羅剎以此為藉口逃避公務，但看著君兒慢慢放下了對羅剎的戒備，一次比一次多了更多的笑容以後，便決定暫時縱容羅剎的逃避。

儘管君兒一開始對羅剎表露疏離，但在羅剎始終沒有因為她的冷漠而打退堂鼓，還是嘗試著去了解她時，君兒也漸漸放下了對羅剎的防備，慢慢學著原諒羅剎對靈風兩兄弟所做的事情了。

＊＊＊

一週的時間就在君兒不斷旁聽課程，並且透過菲娜認識了不少同樣積極向上、心思端正的新朋友之中過去了。現在，終於到了要決定君兒的責任教官的時間。

羅剎和戰天穹正在羅剎的辦公室裡，各自審閱著其他教官提呈的關於君兒的初步指導提案。

對於擁有特殊才能的特招生，學院擁有一套有別於普通學生的特殊教育方式，那就是會為每一位特招生安排一位責任教官。責任教官會負責一到多位的特招生，由責任教官深入了解特招生的性格、能力以及背景環境，如此才能制定完整良好且最適合該特招生成長的提案。

羅剎此時正一臉嚴肅的篩選提案。

不得不說學院裡的師資眾多，每位教官都恨不得能收攏良才美玉來培養。許多本來顧慮教導品質而不再接受特招生的責任教官，因為君兒這一次展現出來的實力見獵心喜，破例為了君兒提出教案，使得這一次的提案比往常還來得更多。

為了確保篩選的公平性，所以在正式確認責任教官之前，提案者的姓名不會公開，省得因為篩選人因為個人情感因素而選錯了責任教官，耽誤學生的成長。

羅剎望著光腦系統上的一份提案，上頭標示著是來自符文類組的教官提案，他登時皮笑肉不笑的說：「我都說我會親自擔任君兒的符文指導教官了，沒想到還是有符文類組的教官對她感興趣。」

戰天穹淡淡的橫了他一眼。「八成是看你過往指導學生的時候，只是偶爾出現指導個一、兩句，然後人影就消失不見，結果還不是要其他符文教官協助你指導，所以才會有符文類組的教官丟提案來。」

「唔，但君兒不一樣嘛，這次我會很認真的指導她的！」羅剎被戰天穹直指缺失，有些惱羞成怒的回應道。

「先不說這個了，我這邊戰技教官已經篩選的差不多了，這幾位是我覺得最適合指導君兒其他戰技的教官。你篩選責任教官的狀況如何？篩出理想的提案了嗎？如果還沒，我這裡有一份我覺得最適合君兒的教案。」

戰天穹將自己最後篩選出來的提案透過光腦系統傳給了羅剎。羅剎馬上停止自己的審閱，決定先行瀏覽戰天穹最後選擇的提案。

只是在瀏覽片刻後，羅剎劍眉緊鎖。

「……霸鬼，雖然為了篩選能夠公平公正，所以我們一向在定案前看不到提案的提案者名稱，但看這份提案的書寫風格以及規劃方式，難道你會不知道這份提案的提案者是誰嗎？」

過去以來，只要戰天穹身處滄瀾學院，便會和羅剎一同進行特招生的責任教官篩選工作。對於某些教官的提案風格他多少也有個底子，所以羅剎不相信他看不出提案者的身分。

「我知道，但我不會因為對方的身分而放棄對君兒最好的選擇。」戰天穹不以為意的回道。

羅剎深深的看了戰天穹一眼，然後皺著眉，思考了許久，同時也不忘閱覽其他自己覺得還不錯的提案，將之與戰天穹所選的提案進行比較。良久後，他一聲嘆息，知道戰天穹選擇的這一份才是真正適合君兒的提案……

「我知道了，那麼就決定君兒的責任教官是這份提案的提案者了。」

羅剎邊說，邊同時操作起光腦系統。就在系統畫面上閃過幾個確認的訊息後，終於公布了這份提案的提案者——「塔萊妮雅」。

看著提案者的姓名，羅剎無奈的搖頭。

「我知道塔萊妮雅在學院中一向是個很有能力的教官，只是目前她很注重教學品質，為了照顧好她本來手邊負責的學生，已經很久沒有提案申請負責新特招生了，沒想到這一次她竟然還是特別提案來爭取君兒的責任教官一職嗎……」

「就如你說的，明槍總比暗箭好躲，讓君兒成為塔萊妮雅的學生，也等同於她必須為君兒的成長以及安全負責任，若是君兒出了什麼事情，她這位責任教官也推脫不了責任。而且，基於她的所屬組織，我並不意外她會前來爭取資格。」

羅剎以審視的目光，嚴肅的打量戰天穹。瞧戰天穹一臉平靜的模樣，顯然早有預料最後的結果會由塔萊妮雅勝出，成為君兒的責任教官一職。

「……我記得我有提醒過你，兩年前和君兒一起逃出來的兩位大小姐都成為這個組織的人了吧？而且還同樣是塔萊妮雅的學生。你就不怕君兒會被拉攏進入『九天醉媚』？」

「我知道。不過，我也相信君兒知道事情輕重。」

羅剎瞥了戰天穹一眼，又問道：「……你一定還沒跟君兒說過，你和妲己那女人為何會結仇的原因吧？」

「沒，等過一段時間再說。」

戰天穹闔上眼，思索著該如何開口與君兒講述自己過去的那段經歷。那被血色與死亡渲染的過去，哪怕他接受了噬魂，與之合一，他的所有過去還無法全然坦承的對君兒說出口……

見戰天穹沉默，羅剎沒有再多說些什麼。他曾參與過戰天穹最血腥的那段過去，自然知道他為何糾結。

在確認了君兒的責任教官之後，羅剎便通知了君兒，請她到辦公室一敘。
君兒很快就來到了羅剎的辦公室。她接收到了羅剎傳來的提案內容，卻在看見提案者名字的時候眉一挑，直接看向戰天穹。
「是天穹決定的？」直覺是這樣告訴她的。依她對戰天穹的了解，他不會放過任何一個能夠帶給她最大成長的機會，哪怕對方是需要她特別注意的組織也一樣。
戰天穹輕輕點頭，讓君兒揚起一抹燦爛笑容。她沒有猶豫的說道：「那就選擇她吧。我相信天穹的選擇！」
「既然這樣，我晚一點就會正式發公文通知了，過段時間塔萊妮雅應該就會與妳聯繫，跟妳談論有關課程安排的事情。如果妳有任何需求，可以跟她提出。」
「謝謝。」君兒坦然的對羅剎表達謝意。
這讓羅剎忍不住臉紅了。
最近他和君兒的關係和緩許多，君兒也願意跟他多說幾句話了。想著君兒已經開始對自己敞開心扉，羅剎不禁傻乎乎的笑出聲來。

君兒看著正衝著她傻笑的羅剎，又看了看望著自己的戰天穹，心裡感覺到了溫馨。這個世界上最關心她的人不多，眼前兩人便是其中之二。

想到她正式於滄瀾學院就讀時，戰無情爺爺傳來的關心訊息，想起了離開星盜團前卡爾斯、紫羽還有靈風給她的鼓勵與支持，但即使她擁有那麼多人的關懷，可是她的時間所剩不多了……

君兒原本垂放身側的拳不自覺的緊握。

她擁有那麼多人的支持，儘管偶爾還是會動搖、會猶豫，但只要當她想起背後有那麼多人的鼓勵與祝福，她相信自己一定能夠創造奇蹟！懂得珍惜所有愛她的人所給予的愛，或許這就是她與前世牧辰星最大的差異！

＊＊＊

塔萊妮雅正坐在自己的私人辦公室裡頭，與兩位學生談論之後的課程安排事宜。就在此時，她收到了來自光腦系統的訊息提示。她暫停了談論，沒有迴避眼前的兩位學生，直接將訊息招了出來，仔細觀看。

其中一位有著微捲湛藍長髮的年輕女生忍不住打聽道：「是關於君兒的責任教官的事情嗎？」

相較於身旁另一位神情沉穩的粉髮女生，她顯得較為急躁。

塔萊妮雅在看見訊息內容以後，驕傲的輕笑出聲。「果然，我就知道我精心計畫的教案絕對不輸給其他教官。」

言下之意，便是她確定成為君兒的責任教官了！

兩位學生一聽，也跟著表露驚喜之情。

「這麼說來，最後校長是決定讓塔萊妮雅教官擔任君兒的責任教官囉？好棒！這樣之後我們和君兒就是同一位教官的學生了呢！」藍髮女生歡呼出聲。

另一位粉髮女生則是有禮道謝：「塔萊妮雅教官，謝謝妳。」

塔萊妮雅對眼前的兩位學生揚起一抹溫柔微笑，「小緋和小蘭不用客氣，這也是因為妳們那位朋友非常有才能，讓教官見獵心喜而已。」

這兩位學生便是蘭與緋凰。先前緋凰猜測新特招生是君兒的時候，便主動請求她的責任教官，也就是塔萊妮雅，爭取看看是否能成為君兒的責任教官，這樣她們曾為皇甫大小姐的三人也能夠重新齊聚一堂，在同一位教官的指導下共同努力成長了。

雖說緋凰和蘭與那位新特招生關係匪淺，但其實塔萊妮雅答應她們的請求只是順勢而為。實際上，她之所以會爭取這次的機會，是因為組織上層特別要求的任務而已。

組織上層要求她要與君兒保持友好關係，比起她這位陌生教官，或許透過眼前兩位與君兒有關聯的女孩，能夠更容易的與之打好關係吧？只是一想到那位女孩與鬼教官的親近，以及緋凰與蘭提及過在她們還在皇甫世家時，鬼教官就曾隱瞞身分潛入皇甫世家保護君兒的事情，塔萊妮雅的心忍不住又澀了起來。

「……塔萊妮雅教官？」注意到塔萊妮雅的心思飄遠，緋凰出聲呼喚道。

「啊，抱歉，想事情所以失神了。」塔萊妮雅歉意一笑，開口就想繼續先前與緋凰兩人的課程討論。

而在這時，緋凰突然開口說道：「教官，我希望學期考核分組能夠重新分配。既然君兒之後也會是妳的學生，我希望能夠和她、還有蘭，三個人分成一個小組，參加最難的學期考核。只要有君兒的加入，我想我們這一次挑戰最難的學期考核一定可以高分通過的！」

塔萊妮雅在聽聞緋凰的發言以後先是一愣，隨後她思緒一轉，同時手邊翻出資料開始瀏覽，似乎在衡量此事的可行性。

「小緋有幾成把握？我記得妳和蘭還有另一位同學，去年挑戰三人難度可是失敗了哦。」塔萊妮雅提問道，慎重的望著緋凰。

緋凰先是尷尬，隨後驕傲一笑，「有君兒的加入，我就有七成以上的把握可以通過這次的期末考核！」

「七成……嗯，我會考慮考慮的。」

三人繼續談論後續事項。

就在討論告一段落以後，塔萊妮雅這才將此次會議的重點說出口來。

「小緋、小蘭，我想妳們應該也清楚組織這一次下達的任務，這次我順利成為了君兒的責任教官，那麼之後妳們便可以試著邀請她，看看能不能將她拉進組織。上級對她擁有的能力非常感興趣，有她的加入，對我們的組織只有好處沒有壞處。如果成功了的話，妳們在組織裡的評級也能夠提升哦。」

聽塔萊妮雅這樣說，緋凰頓時眼睛一亮！她本來正有此意，只是邀請別人加入組織需要上級主管的同意，而如今身為她們上司兼責任教官的塔萊妮雅發話了，她便有充足的理由可以去說服君兒加入組織了！

「謝謝塔萊妮雅教官，我會盡力的！我一直很期待往後能和君兒一起共事呢。」緋凰自信一笑，顯然對招攬君兒加入組織很有信心。

「如果紫羽也在就好了。」蘭忍不住嘆息，想起了那位久久未見的表妹。

緋凰開口安慰道：「紫羽不是說過等她那裡穩定下來以後，就會來找我們的嗎？到時候我們可以說服她也加入組織，只要君兒先加入，紫羽那裡就不用擔心了。」

緋凰已經開始在腦海中勾勒她們三人共事的美好畫面。

Chapter 117

友情不會因時間抹滅了連結

君兒接到了來自於塔萊妮雅的訊息，邀請她在某個時間到教官辦公大樓商談課程安排事宜。

面對這位對自己愛人存有情意的美麗女性，君兒逕自猜想著塔萊妮雅是否會因為她與戰天穹的親近，而暗中刁難她？畢竟，經歷過太多女性之間的勾心鬥角，讓她實在無法以相信人性本善的角度來看事情。

羅剎先前一直耳提面命的要她小心，並且不斷在她耳邊嘮叨如果塔萊妮雅有什麼異常舉止，一定要趕緊聯繫他或戰天穹，不要讓對方有機可乘等等之類的話語。雖然君兒聽得無言，但羅剎語中深藏的關心還是讓她感覺窩心。

甩開腦中雜亂的思緒，君兒很快來到了教官辦公大樓的某間辦公室門口，使用學生卡刷過辦公室前方的光腦面板，通知辦公室主人自己已經到來的消息。

門板在不久後自動打開，裡頭一道溫柔的聲音傳了出來：「進來吧。」

一走進辦公室，君兒便見到先前公開評測那日遇見的銀髮女教官正坐在辦公桌的後頭，彷彿忘了當時發生的事情一樣，滿臉溫柔的打量著她。

「妳好……我以後就直接稱呼妳一聲『君兒』囉！往後就由我負責妳在學院裡的課程安排，以及追蹤妳的成長進度，請多多指教了。」

塔萊妮雅離開了座位，招呼著君兒落坐，並招待她一杯熱騰騰的茶飲。

不得不說，塔萊妮雅的笑容非常具有親和力，但君兒在星盜團的經歷卻讓她能夠看出對方的表現是否發自於真心——眼前女子的笑容，不知怎的使她下意識的心懷戒備，就彷彿對方對自己存有惡意似的……

過去自己的直覺救了自己好幾次，所以這一次，君兒同樣也選擇了相信自己的直覺。

「妳好，塔萊妮雅教官。」君兒不冷不熱的打著招呼。

對於君兒的淡漠，塔萊妮雅只是回以一貫的微笑。

「那麼我們就不說一些場面話了，直接來談談妳想要的課程需求吧。相信校長也將決定好的戰技教官資料傳給妳參考了，我相信妳對學院的運作模式也了解的差不多了，不曉得對於課程的安排，君兒有什麼特別的想法嗎？」塔萊妮雅主動提及課程安排的相關事宜，同時暗自觀察君兒的性格與習慣，好為之後做打算。

就在塔萊妮雅觀察君兒的同時，君兒也同樣在觀察這位美麗的女教官。

塔萊妮雅的一舉一動只能用「優雅」一詞詮釋。

自幼練就了一雙敏銳觀察的眼，又加上星盜團的兩年訓練時光之後，君兒更能看清一個人隱藏的真實。在塔萊妮雅身上她只感覺到「矛盾」，就彷彿，這樣的溫柔如水只是個表象，是用來隱藏某種她不願讓人知道的另一面，所刻意為之的「面具」。

君兒在談論的空檔時，向塔萊妮雅提及了她希望能夠延長課程安排時間的請求。塔萊妮雅聽了有些驚訝，卻是暗自記下君兒對實力非常渴求的這件事。

「……那麼，除了由鬼教官負責的戰技課程、以及校長親自指導的符文課程會特別幫妳安排額外的時間以外，其餘時間我也會幫妳安插其他的戰技課程，如果妳有希望可以進行授業的課程也可以告訴我，我可以一起安排進妳的課表裡。過幾天，我會將安排好的課程時間表透過光腦系統傳給妳，可以的話請妳這一、兩天將妳希望能額外進行的課程告訴我，我才能在最後課表出爐前幫妳妥善安排。之後有任何問題，就隨時聯繫我囉。」

塔萊妮雅輕輕一笑，接著不經意的提到了學院每學期都會有的考核一事。

「另外，學院每學期都會有期末考核，特招生的考核比尋常學生還要嚴苛，會由責任教官為旗下負責的特招生分組，去指定的地點進行考驗。嗯……本來我是預計沒有要再爭取學生了，但因為妳的天分讓我很心動，所以破例再一次爭取資格，沒想到最後竟是由我脫穎而出擔當妳的責任教官，這樣我之前的分組計畫就要有所變更了……由於考核規定分組最低三人、最多五人，我之後會和其他的學生重新談論新的分組。不曉得君兒妳打算參加五人還是三人小組的考核呢？」

「是三人的考核較困難，還是五人的？」君兒只關心考核的難易程度。

「期末考核的任務會給予一筆固定積分，分組的區別在於三人分得的積分較多、五人較少。三人和五人小組都會是同樣的任務，只是人多的話，任務比較輕鬆。」

君兒想也沒想的便做出了選擇：「那麼就參加三人的考核吧。」

塔萊妮雅眸光一閃，果然君兒就跟緋凰她們說的那樣，她對於有難度的考核較有興趣，而這也正好順著她們的計畫發展。

「那好，我可以幫妳安排。不過先提醒妳，小組考核一向注重團體合作，特招生由於各個都是擁有特殊才能的精英分子，心高氣傲得很，要得到他們的認同並不容易，妳要先做好心理準備。不過既然妳這樣說，我心中也有了兩位適合妳的成員人選，但那兩位學生因為彼此認識有一段時間了，默契和情誼一定比妳這位新來的學生好上不少。要想她們認同妳，我想君兒妳得拿出能讓對方信服的能耐來囉。」

君兒眉一挑，知道找事的又來了，但她並不退縮，反而覺得有趣。

「能給我對方的聯絡方式嗎？還是說，我之後的課程會遇到他們？」

塔萊妮雅神秘一笑，說道：「等我正式確定之後會再通知妳的。」

君兒見討論到了結尾，想到了自己之後還有一堂想要旁聽的課程，便起身準備要告別。

可就在此時，塔萊妮雅喚住了她。

「嗯？」君兒像是早有預料似的看向塔萊妮雅，心裡多少猜到了她喚住自己的理由。「教官還有事情嗎？沒有事情的話，我想要去旁聽就要開始的課程了。」

塔萊妮雅看著一臉平靜的君兒，最後終於將自己心中一直糾結的那件事問了出來：「那個、君兒妳……和鬼教官是什麼關係？」

君兒只是揚起一抹難以捉摸的燦爛笑容，四兩撥千斤的回道：「教官希望我和鬼教官是什麼關係呢？」隨後，她微微躬身，表示自己等會的課程就要開始了，之後會再來找塔萊妮雅談論關於課程的事。不給塔萊妮雅追問的機會，她瀟灑的轉身離開。

當辦公室的門板闔上，塔萊妮雅輕輕一嘆，卻是不敢相信在君兒揚起笑容給出回答的那一瞬間，心中浮現的那個可能性……那位冷漠、總是與旁人保持距離的鬼教官，有可能會和這位女孩是伴侶關係嗎？

塔萊妮雅調出了君兒在學院裡公開的資料，她知道這只是假造出來的內容，畢竟曾經接應過緋凰兩人，她知道她們幾人都曾為原界皇甫世家的大小姐，而鬼教官在四年前就隱藏身分潛入皇甫世家，只為了保護那位女孩。這樣看來，鬼教官認識君兒可能有四年以上了。

如今鬼教官竟與君兒如此親近，那麼她十幾年來的追求與付出、等候，又算什麼了？

塔萊妮雅對自己的容貌與性格非常有自信，直到今日也有不少追求者，然而這些讓她引以為傲的自豪關鍵，對上了冷漠如冰的鬼教官卻毫無作用。那個女孩究竟是哪一點能得到鬼教官的青睞？

＊＊＊

幾天後，當塔萊妮雅將詳細完整的課程表送到君兒手上時，君兒懷抱著期許與好奇，開始了她在滄瀾學院讀書的日子。

這段時間君兒認識了不少朋友，當然也遭遇了幾次其他學生要求挑戰的情形，君兒以實力力壓挑戰者，甚至還開始挑戰其他強者學生。屢戰屢勝之下，君兒的目光放得更遠，將挑戰對象放到了學院裡的教官身上——

不久後，再無人敢小瞧這位身後同時有「陣神滄瀾」直接教導符文技巧，以及那位可怕的鬼教官親傳戰技的女孩了。

只是，這看似順利進展的校園生活中，卻有一件讓君兒苦惱不已的事。

學院由於推廣團隊合作，所以每堂課程多少會有作業需要分組進行，學生必須在期末前將期初就公布的作業全部完成，期末才有參與期末考核的資格。塔萊妮雅雖然給了她兩位分組成員的資料與聯繫方式，但是對方始終沒有回應她，更是經常錯開課程，讓君兒一直無法與她的兩位分組成員正式見面。

由於緋凰與蘭在學院中用的是假名，再加上聯絡資料沒有附帶影像圖片，君兒一時間也不知道她的分組成員是她昔日的夥伴。

君兒看著自己作業清單上幾條特別標註著「分組課題」的幾份作業，顯得有些棘手。她曾向塔萊妮雅詢問是否可以獨力完成分組作業，但可惜得到的答案是——不行！

因為某些課程，可能會有組員並不擅長，所以學院才會要求團隊合作、彼此互相彌補各自的缺失，然後加強彼此的優勢。

分組的用意除了培養學生團隊合作的能力以外，多少也是要讓一些獨行或孤僻的學生試著去認識了解其他人，藉此製造出一種情感的歸屬，讓人心更有凝聚力。這也是為了往後學生們畢業以後可能得參與異族戰爭，團隊合作是在戰場上存活的重要關鍵。一意孤行是不會受到團隊歡迎的，這也是學院之所以會特別規定要進行「分組」一事的真正用意，讓學生早日習慣團隊合作這件事。

可遇上理都不想理自己的組員時，學院原本的好意對君兒而言，卻成了近日讓她煩惱的主因。

「君兒，妳又在煩惱組員的事情了嗎？」在某天的課程結束以後，菲娜看著又在觀看作業清單的君兒，忍不住出言關心。「對方還是一直沒聯絡妳？」

君兒一嘆，「嗯，沒有。」她苦惱的抬手揉著眉心，最近這件事讓她頻頻皺眉，被菲娜笑說都快長皺紋了呢。

菲娜聞言，頓時蹙起眉來。「她們是不想要期末考核的資格了嗎？我聽過有些組員會因為不認同新的組員而互相拖累彼此的，卻從未聽過有人什麼都不理的。這樣讓作業一直拖下去，妳們三個人都會一起留級的……」

「天曉得。」君兒聳肩，無奈的表示自己的不能理解。雖然羅剎說過她希望在學院待多久就待多久，而她也希望能跟著戰天穹多學習一點，但若是期末考核沒有通過，也等於錯失了提升學級以後能夠接觸一些更高層次課程的機會。

這時，一位班上同學朝還未離開的君兒兩人走了過來。

「嘿，君兒，剛剛有人叫我把這交給妳。」同學將一封印刷精美的信件遞給了君兒。

菲娜打量著信件，說出自己的猜想：「那麼漂亮的信封，看起來不像是挑戰書。會是誰呢？該不會是情書吧？」她笑得曖昧，鼓吹君兒當場打開信件。

君兒看了一眼信封，發現信封上署名給她，旁邊標著著令她眼熟的兩個名字……她始終沒有機會遇見的那兩位分組成員。

「謝謝。」

君兒對著送信的同學表達感謝，卻是眉一挑，將信封收了起來，決定結束一天的課程以後再拆開研究。她的兩位組員終於聯繫她了，只是不曉得為何使用實體信件而不是使用光腦聯絡。

在結束了一天課程以後，君兒回到宿舍房間，這才拆開了信件。

信件裡頭只有一張與信封同款式的信紙，上頭用端正的字跡寫著短短一句話：今晚十二時，學院東北公園見。

看著信件的內容，君兒眼眸微微瞇起，猜出對方之所以刻意選在夜半無人的時段邀約她見面，應該是想要藉此私底下考驗她一番，看看她是否有資格與她們搭檔。

然而，當她反覆觀看信封上的字跡時，卻是眉頭一皺，這字跡讓她覺得眼熟……隨後君兒細細琢磨了上頭的字跡一會，像是猜到了什麼，卻又不是很肯定。隨後她搖頭，甩開思緒，相信去赴約以後就知道答案了。

她不想讓戰天穹擔心，所以沒有將自己夜晚赴約的這件事告訴他。

君兒換下制服，穿上方便活動的輕裝。同時，她進入學生系統先行提報外宿單，省得晚歸被舍監抓到、被扣學生積分。準備好之後，她踏著輕快的步伐走出了宿舍，不疾不徐的往對方指定的地點前進。

她走在夜晚的校園裡，看著校園內與白天截然不同的景色。天空那籠罩在學院之上的大型符文法陣偶爾會閃過光輝，照亮有些昏暗的校園，為校園添了一分神秘深幽的氣氛。

蟲鳴唧唧，寧靜祥和的氣氛不經意的讓人放鬆一天的疲倦。搭配著夜晚偏涼的氣溫，涼爽的晚上令人心情輕鬆愉悅。

就在君兒抵達目的地的公園以後，她坦然自在的雙手抱胸，站立於公園中心，對著此時看似無人的公園開口說道：「出來吧。既然妳們約我出來見面，就把該談的好好談清楚。」

她的話語突兀的自公園裡響起，惹得原來唧唧作響的蟲兒們瞬間沉寂了下來。氣氛忽然變得寧靜與詭譎。

沉默、沉默、還是沉默。

君兒也不著急，很有耐心的來到公園中心的噴水池邊坐了下來，等待對方的現身。

然而，當她才剛剛落坐，屁股都還沒坐熱，便感覺到身後傳來兩道破空聲，兩道黑影左右開弓攻了過來！

君兒在星盜團經歷過不少戰鬥，面對這樣突來的攻勢自然應付自如。她感應不到對方攻擊中的殺意，反而是試探性質居多。儘管如此，君兒也沒打算隨便應付對方。既然對方採取主動攻擊，那她也不用客氣了！

符文的光輝在黑暗中亮了起來。面對來路不明的敵人，君兒絲毫沒有留手的意思，一上來就是直接抓握出符文雙劍進行反擊！

黑暗並不妨礙她的戰鬥能力，這可是靈風在星盜團為她特訓出來的成果——妥善利用精神力的感知，讓她能夠在黑暗中維持一定的戰力。

面對敵方兩人各自的攻勢，君兒見招拆招，同時不忘趁著對方攻擊空檔的時機施展劍招。

對方持有武器，在黑夜中與君兒的符文雙劍交錯，磨擦出了金屬交鳴的尖利聲響。交錯的劍鋒激出了火光。

然而，趁著火光，君兒看見了對方那令她感覺熟悉的眼眸……

看著那瞬間閃過的紫色眼眸，君兒又聯想到了先前那讓她感覺熟悉的字跡，心情在訝異之後，浮現了狂喜，唇邊染上了一抹燦爛笑意。只是她手中的攻勢未減反增，令對方一時招架不住的連連後退，另一方則趕緊趕來支援——

三人又戰了一會，直到君兒覺得差不多可以停手了，便抬手招出了照明用的光亮符文，徹底驅散了黑暗。

她看著眼前因為突來的光亮而抬手遮住眼睛的兩人，燦爛一笑。

「緋凰、蘭，沒想到竟然是妳們！」君兒沒有料到會在滄瀾學院遇見久違的朋友，又驚又喜的解除了手中的符文雙劍，同時也鬆懈了渾身的防備。

「……好久不見！」

透過飛在君兒身旁的亮光符文，光輝照亮了說話之人的容貌。

緋凰那張比過往更加成熟英氣的臉龐，此時正帶著笑意的看著君兒。

「可惜還是沒有逼妳施展出妳真正的實力，我原以為這兩年我已經成長不少了，但遇上妳這個修煉狂的突飛猛進，看樣子我還有很長的路要追啊。」緋凰語帶遺憾的說道。方才那短暫的戰鬥時間裡，她早就感覺得出來君兒哪怕一來就施展了符文凝武技巧，卻沒有真正施展出真實實力。

她們早就看過公開評測時，君兒與鬼教官戰鬥的影像，自然知道今天的君兒根本沒有施展出百分之百的實力，這不禁讓緋凰有些挫敗。

「哼，我本來還想聯合緋凰打敗君兒妳呢！沒想到……」蘭不滿的說道，同時惡狠狠的瞪了君兒身旁的亮光符文一眼，照明的出現壞了她們的所有計畫。

「好久不見！君兒我有話問妳，紫羽喜歡的那名男性對她真的很好嗎？」蘭在打了招呼之後，立刻問起了紫羽的事情，顯然是關心紫羽多過於與君兒相見。

不過君兒很清楚蘭只是急性子，她臉上毫不掩飾的喜意顯示了她其實也很高興能夠再度重逢。對於這樣急躁問話的蘭，緋凰有些無奈的笑道：「蘭這段時間一直很擔心紫羽，雖然紫羽一直說她過得很開心、對方對她很好，蘭始終沒辦法安心。」

「紫羽她很好，等她那邊穩定下來以後，我想對方會帶著紫羽來學院找妳們的。」君兒簡單帶過紫羽的情況，同時走上前與兩人親密擊掌。

看著兩年不見的兩位好友，緋凰的身高拉高了不少、蘭的容貌也變得更加豔麗，較君兒年長兩歲的她們開始綻放了屬於各自的青春之美。

在君兒打量她們的同時，緋凰與蘭也同樣為了君兒的成長而驚豔不已。

那頭髮絲一如過去漆黑如墨，卻變得更長了，彷彿最上等的黑緞一樣，隨意束於腦後，此時正隨著夜風飄揚，為她染上幾分嬌柔女人味。過去還有稚嫩的容貌，此時也變得成熟。若說君兒過去的神情好比出鞘利劍，那麼如今的鋒芒已然內斂，卻仍舊不容小覷。

雙方望著彼此，各自有些感嘆……大家都成長了呢！

「我沒想到會在滄瀾學院見到妳們，以前不是說妳們要一起去別間學院嗎？」君兒說出自己的提問，不解為何緋凰兩人會沒有前往她們原本計畫好的那間學院……是因為她們被某組織救下，所以現在被組織安排到這裡嗎？君兒逕自思索著，卻沒有將心中真正的提問說出。

蘭和緋凰互視一眼，最後由緋凰開口解釋：「是這樣沒錯，不過因為一些意外，所以我們成了滄瀾學院的學生。不說這個了，今天約妳出來，君兒妳有沒有很驚訝啊？」

蘭雙手抱胸，彆扭的說道：「哼，我和緋凰這段時間故意不和妳碰面，君兒妳一定很擔心分組課程的事情吧？在知道原來組員是我們以後，有沒有很驚喜啊？」

看著那還是跟過去一樣彆扭的蘭，君兒展顏微笑。能夠與久違的朋友見面讓她欣喜，也讓她放下了近日來的心頭大石。

「剛剛看到信紙上的字跡我就有所懷疑了，沒想到真的是妳們。那封信是蘭寫的吧？也只有蘭的字跡那麼端正好看，而且妳們的名字也改了，害我一開始不知道是妳們。」

「信是我寫的沒錯，沒想到妳還認得出來。名字也是因為方便行事，才在組織的要求下使用化名的，私底下還是稱呼我們本來的名字吧。好啦，在外頭不方便說話，我知道有間夜晚還有營業的咖啡廳，不如我們去喝杯茶，聊個通宵吧！」蘭主動提議，獲得了其他兩位女性的贊同。

儘管彼此三人已有兩年沒有見面，再度見面時卻絲毫沒有因為分離而感覺生疏。或許這就是朋友，哪怕許久沒有聯繫，但心裡那深刻且難以抹滅的情感，仍舊聯繫著彼此。

三位已然成年的女性彼此談笑風生，離開了公園。

直到她們走遠，另有一抹身影自公園一處角落走了出來，此人所在的位置，正好是公園裡視野最好的地方。

身披斗篷的男人看了一眼三女離去的方向，隨後衝著不遠處的陰暗角落笑道：「看樣子緋凰她們已經談好了。女孩們許久不見，應該有很多話好聊，我們就跟到這吧。」

在那個方向，身穿紅黑色斗篷的赤髮男子才緩緩走出黑暗。

戰天穹看著說話的對方，面色平靜的輕輕點頭同意對方的提議，他淡聲說道：「我沒料到你會主動跟我提這件事。」

對方淺淺一笑，不知怎的，笑聲帶了幾分苦澀。「應該是沒預料到我會和你同樣成為滄瀾學院的教官吧，鬼先生……或者該說是戰族的鬼大人、滄瀾學院的鬼教官，我從沒想過昔日共事的鬼先生會有那麼多層身分。」

面對眼前這位熟悉卻又無比陌生的昔日同事，對方表露出了生疏的情感。儘管過去就有猜想鬼先生在皇甫世家隱藏了實力，卻沒想到他竟然會是在戰族與滄瀾學院皆赫赫有名的人——他過去在新界遊歷時只是個實力普普的傭兵，曾有聽聞但卻未曾將消息放在心上，直到加入「九天醉媚」以後，才知道曾經的同仁是被組織慎重關切的強大角色。

今天他早知道緋凰她們的計畫，他便暗中透過教官使用的聯繫管道主動聯絡了戰天穹轉達此事，一方面也是希望能夠見見這位曾經共事四年的男子。就是不曉得對方是否還記得他這位小人物呢？好歹他以前可是將他當作朋友的。

也多虧了戰天穹施展精神力場遮掩了兩人的氣息，君兒才沒有察覺到在場還多了另外兩個人。

對方有著一頭棕髮、一張與兩年前沒有區別變化的俊逸臉龐——他是阿薩特，緋凰昔日的皇甫世家貼身保鑣，同時也是緋凰同父異母的兄長。

戰天穹的沉默讓阿薩特嘆息了聲。他本來還抱持著與戰天穹結交的心情，但在知道對方的身分以及實力差距之後，他對自己這樣的念頭感到可笑。兩人之間的差距實在太大了，對方搞不好還看不上他這樣一位平凡普通的傭兵吧。

「這一次打擾了，不過我覺得緋凰她們私下找君兒出來的這件事，還是知會你比較好。既然女孩們的事情告一段落了，我也要回去修煉了。」阿薩特朝戰天穹揮手告別，就想離開。

「……你以前不是說過，若離開皇甫世家以後有機會再見面，要請我喝杯酒的嗎？」戰天穹淡淡的開口，讓阿薩特驚訝的回頭。

看著與兩年前沒什麼變化的戰天穹，阿薩特見對方一臉平靜的說出過往他曾開玩笑說出口的邀約，在沉默了一會之後才開朗一笑，答道：「那走吧！能夠請學院裡鼎鼎大名的鬼教官喝酒可是我的榮幸，如果你不介意跟我這個小人物同桌共飲的話。」

戰天穹沒有回答，然而他跟上阿薩特的腳步卻給出了答案。

如果是過去的戰天穹，他不會對阿薩特說出這份過去昔日的邀約，甚至有可能會直接忽視阿薩特的善意。只是隨著他逐漸與噬魂合一，他慢慢的也可以向對他表示善意的人同樣回以善意，而不是冷漠。

阿薩特突然說道：「鬼先生，感覺你有些變了呢。」

「是嗎？」戰天穹回應依舊簡短。

然而阿薩特卻看見了那張冷漠的臉龐上，多了一抹過去所沒有的堅強與自信……過去他只看過戴著惡鬼面具的戰天穹，後來還是從「九天醉媚」提供的資料照片中得知戰天穹的樣貌，果然跟他猜的一樣，戰天穹的神情與容貌就與那雙冰冷的赤眸同樣冷硬。

看著表情有了些許變化的戰天穹，阿薩特雖然不知道這段時間他發生了什麼事，但顯然一定是好事吧！

「你和君兒在一起了對吧？」阿薩特很快就猜到了答案，語帶調侃的說出猜想。

或許這才是讓這個冷漠男人有所變化的主因吧。

——因為愛情融化了冷漠。

見戰天穹的表情因為他的突來發言而染上幾分尷尬，阿薩特暢快的笑了出來。「我早說了，君兒總有一天會明白你的感情的！相信你們一定也經歷了許多事情，祝福你們。」

「……謝謝。」

與君兒三人前往的方向略有不同，阿薩特拉著戰天穹去了學院外頭一處隱密的酒館。男人嘛，把酒言歡，話無不盡。只是大多是阿薩特在說，戰天穹在聽。

喝了酒，阿薩特像是想將這兩年的苦處全傾倒出來似的，對著寡言的戰天穹大吐苦水。忘了眼前男子在學院裡有比他高上許多的身分、忘了他是戰族高高在上的尊貴人物，只是想要找一位熟悉的人分享自己的經歷。

面對因為醉意而無話不說的阿薩特，戰天穹只是靜靜的聽著、聽著，沒有絲毫的不耐煩，偶爾點評個一、兩句，卻都直切阿薩特的心聲。

戰天穹輕晃著手中飲空的酒杯，他許久沒有跟誰這樣喝酒了，也沒有誰敢請他喝酒，除去卡爾斯以外，幾乎沒有人能以平等的態度與他談話。這樣久違的氣氛讓他懷念。

……或許多阿薩特這樣一位朋友也不錯。

Chapter 118

幸福的原動力

就在緋凰和蘭正式與君兒見面不久後，塔萊妮雅便收到了緋凰傳來的消息。隨後她啟用了組織內部的秘密聯繫方式，將兩名成員順利與對方接觸的任務回報了回去。很快的，組織回傳了下一步的任務指示，要她們繼續監控君兒的一舉一動，並要求滄瀾學院中其他的組織成員也加入對君兒的監控任務中。

塔萊妮雅看著組織的任務指示，感到不解，不懂為何組織特別要她們「監控」君兒。既然會用到「監控」這個詞，表示著組織特別重視這個女孩。

「為什麼妲己大人會對君兒那麼感興趣？竟然還對監控任務下達了高重要性的任務指示，莫非是看上了君兒的符文凝武技巧？可是看起來又不像是這麼一回事……妲己大人的心思真是讓人難以理解啊。」

塔萊妮雅儘管身為「九天醉媚」的高層人員之一，卻不知道戰天穹的真實身分。可「九天醉媚」的領導人「魅神妲己」卻是清楚得很。而對應先前謠傳的魔女之歌，出現在戰天穹身邊的女孩自然也得到了她的關注。

「魅神妲己」基於對「魔女」的好奇心，再加上她過去與「凶神霸鬼」的一番仇怨，讓她下達了持續監控君兒的任務指示。

底下人猜不透這位組織領導人的真實想法，只是盡忠職守的去履行組織下達的任務。

「得將組織新的任務發布出去才行。不過，就暫時不要讓小緋和小蘭知道組織要求要監控她們的好友好了。」塔萊妮雅邊說，邊招出了光腦系統，開始聯繫起了組織裡的其他成員。

＊＊＊

從那晚的邀約以及通宵聊了一整夜以後，緋凰與蘭終於開始出現在君兒所在的課堂之上。君兒自然也將新認識的朋友介紹給她們兩位認識，卻沒有和朋友多說她和緋凰兩人過去的關聯，只說兩人是責任教官安排的分組成員，她們三人終於排除誤會，要一起合作完成課程了。

三人之間那份外人難以介入的熟悉感，讓認識君兒不久的菲娜有些羨慕。然而因為菲娜的氣質與紫羽相似，她很快的也融入了這個小團體中。

「喂，你們聽說了嗎？聽說有人通過鬼教官的考核，能夠接受鬼教官的指導了耶！」

「真的假的？那位鬼教官的指導條件不是很嚴苛嗎？而且我聽說有好幾位符合資格的學生都沒

有通過考驗，沒想到竟然有人通過了！」

今天的課堂上，學生們彼此交頭接耳談論的都是這件事——又有符合資格的特招生向鬼教官提出指導申請，並且順利通過了鬼教官的考驗！之前也有不少追求實力的特招生前去申請鬼教官的指導考核，卻都一一失敗。對外沒有公布鬼教官的考驗究竟是什麼，而參與過考驗的人也始終不肯對外詳述考驗的內容。這也替鬼教官多添了幾分神秘。

一開始倒是有不少人試著跟君兒打聽鬼教官的考核消息，卻根本無法從守口如瓶的君兒口中打聽出任何消息，久而久之便無人再問。

蘭曾偷偷向君兒探聽內幕消息，可惜君兒連朋友都不願詳述。

蘭得不出答案，顯得有些失望，埋怨道：「君兒真是小氣。」

君兒笑著說：「不然蘭妳快速突破到『星海級』，然後去申請鬼教官的考驗不就知道了？」

蘭驚恐的連忙擺手，說道：「我才不要！我可沒那種意志力承受那位惡鬼教官的指導！我又不像君兒妳是個修煉狂，還是穩扎穩打的提升實力就好了。」

緋凰因為蘭誇張的表情而莞爾，「好了，蘭，過去我們不就知道鬼先生是如何指導君兒的嗎？以前他可能會礙於君兒和他的身分所以有所保留，但現在沒了保鑣和大小姐的身分束縛，身為教官的他，想必對君兒的指導也變得更加嚴苛殘酷了吧？我有聽過幾位同樣接受鬼教官指導的學長們私下稱呼他『惡鬼教官』或『鐵血教官』。還有人說，真正可怕的不是一開始的考驗，而是踏入鬼教官的演武場後，那宛如身處地獄的可怕訓練。」

蘭感到苦悶的看了君兒一眼。「真不曉得君兒妳為什麼能受得住，由校長和鬼教官親自指導妳，可以見得他們對君兒妳的期望很高，相信鬼教官給君兒的訓練難度應該比普通學生還要更難吧。難道妳就不會覺得很辛苦又很不公平嗎？」

君兒沒有因為戰天穹對她的差別待遇而心懷不滿，反而為之驕傲。

「若真要說的話，本來我是沒有資格讓鬼教官指導的，畢竟我的實力根本還沒達到申請鬼教官考核的最低限制呢！那是因為我擁有超過『銀河級』足以媲美『星海級』的戰力，再加上校長的特別指示才破例讓鬼教官指導。但還是會有人不滿，所以我要盡可能的提升實力，向其他不滿的人證明我擁有讓鬼教官指導的資格！」

君兒的話語一如既往的堅定，使得蘭連連嘆息，若今天她和君兒的角色對調，她可能沒辦法像君兒那樣能以堅強的心面對嚴苛可怕的指導吧。而且，為什麼君兒會喜歡上一直逼迫她成長，甚至能夠毫不猶豫施以殘暴教導的鬼教官呢？這一直是蘭不能理解的事。

女孩總會期待被愛人疼愛呵護，可偏偏鬼教官卻對君兒殘酷的比他人有過之而無不及。正常女孩早就怨嘆不已了，哪能像君兒這樣死心塌地的愛著對方啊？

對於蘭的不能理解，君兒沒有多加解釋。在旁人眼中，她和戰天穹的互動是異常的。然而為了不再面對永恆的分離，讓今生兩人的靈魂緊緊相依，所以她必須要更加堅強。

「如果沒記錯的話，我記得組織給我們的資料中有提過，鬼教官曾經是『戰神龍帝』的指導者吧？雖說他的名氣不比『戰神龍帝』，但有傳言只要能接受鬼教官的指導，那麼踏入『星界級』是必然的一件事！不是『可能』，而是『必然』！衝著這一點，我想真正追求實力的人絕對不會放棄這樣的機會。或許就是因為鬼教官的殘酷，才能教導出不少心智堅強、實力堅強的強者吧。」

緋凰狀似無意的提起了「組織」一詞，果然不出她所料，君兒的目光在聽見她提及這個字詞後，閃過了一絲訝異，只是君兒並沒有追問緋凰語中的暗示，而是順著她的話題接了下去。

「鬼教官有說過：『鑽石沒有經歷淬鍊打磨，綻放不出耀眼光輝』。畢竟我們之所以要變強，不就是因為幾年後虛空屏障進入虛弱期，為了保護我們自己的家園、對付那些異族大敵，因此才需要變得更強的不是嗎？如果連生死都無法置之度外，變強不過也只是嘴上說說的空話而已。」君兒很清楚戰天穹對於指導的堅持，也能認同他的看法。

聽她這樣說，蘭與緋凰也不由得點頭同意。

之後的談論，緋凰沒有再提到與「組織」有關的字詞，君兒也絲毫沒有表露出好奇或有意探聽的意思，讓緋凰一直捉摸不清她的立場，不知道該如何開口向君兒提起加入組織的事情。

「叮咚——」課程的結束鈴聲響起。

君兒收拾一下課程用品，然後和緋凰兩人道別：「緋凰、蘭，今天晚上是鬼教官的課，我先走一步囉。」

「好，明天見。」

緋凰沒有挽留急著趕往下一堂實戰課程訓練場的君兒，而是望著君兒離開的背影，不發一語。

「欸，緋凰，妳打算什麼時候跟君兒開口啊？塔萊妮雅教官一直在詢問我們進度呢。」蘭看著沉思中的緋凰，忍不住出言打斷她的思緒。

緋凰沒有看向她，而是逕自盯著君兒離開的方向，說道：「……蘭，有時候我真的覺得君兒的心思很難猜透。明明之前也學了不少解析心理學的課程，我自認對觀察人很有一套，但這一次與君兒重逢以後，我發現她比以前更難看懂了。」

「過去她是個固執倔強卻又堅持自己願望的女生，雖然她以前就很有想法，也懂得利用別的方式掩飾她的真實情緒，但總體來說，還是能很輕易的就『看穿』她的內心。但現在，深沉成熟的她，讓我完全看不清她到底在想些什麼……我們分開以後的這兩年，她到底經歷了些什麼？」

蘭蹙起眉，不以為意的回道：「君兒不都是一向如此嗎？」

緋凰無奈的看了蘭一眼，明白和個性大剌剌的蘭談論這件事有種對牛彈琴之感。

蘭又繼續說道：「但無論如何，她還是把我們當成朋友，這樣就好了吧？」她有些不解的看著緋凰，不懂緋凰為何這般糾結。她提議道：「如果妳一直找不到機會開口說那件事的話，那就由我來說好了。」

「我是怕妳把事情搞砸啊。」

緋凰一嘆，就怕直爽的蘭會把彼此之間的關係搞僵。但對蘭而言，邀請君兒加入組織又不是什麼見不得人的事情，為什麼要這麼小心翼翼？君兒是她們的朋友啊！朋友之間有什麼不能說的？了解蘭心中所想的緋凰雖然明白這個道理，但心裡還是有層障礙，使得她一直無法對君兒開口提起邀請……或許，是因為她對邀請君兒加入組織這件事，心裡其實暗藏著希望能藉此提升自己在組織中的地位而心有愧疚吧？

想了想，緋凰最後甩開那一直讓她感覺糾結的思緒，對著蘭說出了自己的決定。「好吧，不然就由蘭妳來說好了。」

「早就該這樣決定了，緋凰妳就是想太多。放心啦，就算君兒不答應，她也不會因此跟我們斷絕關係的，因為我知道她不是那種人！」

蘭誤以為緋凰的擔心是因為這件事，她直爽的一拍胸脯，表明一切交給她準沒錯，卻不知道緋凰在乎的是別件事。

緋凰輕應了聲，目光卻飄得很遠。她想起了塔萊妮雅對君兒不尋常的態度以及新一步的任務指示，讓緋凰質疑組織為何對君兒這般關注的原因。她心中不由得浮現警惕。

雖說她在組織裡追求權勢地位的原因是為了能夠保護身邊的人，卻不代表她樂意將君兒牽扯進這個複雜的大環境之中。

＊＊＊

傍晚時分本來是學生們的休息時間，只是此時學院中某處演武場卻依舊啟用著防禦法陣，光燦的光膜覆蓋了整座演武場，將裡頭的一切畫面全部遮蔽。

這是戰天穹與君兒兩人一對一的指導時間。由於戰天穹還有不少天資卓越的學生，所以兩個人每一週僅有一次這樣相處的時間。每到了那天，君兒總是特別期待，因為這是她難得可以跟戰天穹獨處，並且接受他指導的日子。平常時間兩人礙於各自有工作與課程，幾乎無法相見，只能使用精神傳訊聯繫。

透過完全封閉整個場地的防禦法陣遮掩，君兒不再隱藏自己的能力，斗大的絢爛蝶翼自身後展開，並解放了魔女之力與戰天穹進行對戰！

君兒先前就告知了戰天穹，希望能在他的協助下，嘗試控制魔女之力的這件事，於是便趁著彼此單獨授課的時候進行。

對上釋放魔女之力後實力拔升了不少的君兒，戰力強悍的戰天穹臉上的表情總是凝重。僅因魔女之力透露出的是全然的負面能量，毀滅一切的意念、深沉壓抑的負面情感——那可是連象徵黑暗面的噬魂都無可比擬的沉重。

比起擁有自我意識的噬魂，君兒的魔女之力更像是只有毀滅本能存在的怪物，只懂得毀滅、只想破壞眼前的一切，不懂得思考、也沒有情感的羈絆，是真正的毀滅「工具」，沒有一絲人性的存在。

戰天穹依然是赤手空拳的對戰著君兒的符文雙劍，只是當君兒展現魔女之力時，施展的力量也同時染上了陰森的負面能量。偏灰色的負面能量能夠腐蝕心智不堅的人的內心，然而戰天穹因為與噬魂合一，對負面情緒早有抗衡之力，才能一次次的抵禦君兒的攻擊而不至於瘋魔。

君兒在解放魔女之力以後，性格變得傲慢且藐視世間萬物。看著君兒不同於過往的性格，戰天穹心頭有些沉重，只是他相信君兒的選擇，也決定協助她逐步掌握這樣的力量，所以才沒制止君兒一次又一次的解放力量。

解放魔女之力的君兒，就連攻擊方式都因而受到了那份力量所蘊藏的極端意識影響，就像要耗盡一切力量似的，一股腦的將力量全然宣洩。而君兒所要做的，便是利用這樣極端的負面意識磨練自己的心智，同時憑藉著自己的意志力壓制那份讓人沉淪的負面情緒。

自解放力量開始過後兩分鐘，君兒的臉色漸漸變得痛苦，因為她還沒有真正覺醒成為「魔女」，體內沒有無限的星力供給她揮霍，很快就感覺虛弱。趁著力量漸少、負面意識漸漸虛弱的時候，君兒本來瘋狂的意識閃過了一絲清明。

戰天穹遽然停下了手邊攻勢，慎重的望著忽然停下攻擊的君兒。君兒緊咬著牙根，雙拳緊握，神情痛苦的像是在承受著某種難以承受之痛。

看著這一幕，戰天穹心裡只有強烈的心疼，但為了能讓君兒走得更遠、擁有更多的力量與命運抗爭，他也只能壓下自己的心疼，陪她一起面對這些痛苦。

對君兒而言，這段與負面意識抗爭的時間像是過了許久許久，可對守在她身旁的戰天穹而言，卻僅僅只是幾分鐘的時間。

當君兒睜開眼時，眼神已然恢復了清亮，再無先前被負面意識迷惑的癲狂。此時的她已是大汗淋漓，但再一次從負面意識中掙脫的她彷彿又得到了一次心靈的洗鍊，使得她的神態看起來更加耀眼奪目。

「……呼，天穹，我這一次花了多久才醒過來？」君兒操控著魔女之力，揮舞著手中雙劍，感受著這份強大的力量。哪怕自己體內的星力因為之前的瘋狂揮霍幾盡枯竭，但她還是可以感受到那份絕對力量存於體內的感受——那使她感覺強大，讓她充滿了自信，彷彿宇宙中再無一物能夠抵擋她前行的腳步似的。

君兒咬了咬下脣，以痛楚提醒自己不要迷失在絕對的力量之中。這存於她靈魂內的神秘力量，若不是被那負面意識控制了心智，便是在強大的力量中成為力量的奴隸。

「四分五十七秒，比上一次練習提早了十三秒。」戰天穹報出他記錄的時間，凝重的望著此時正嘗試著感受力量的君兒。「不舒服的話就解除狀態，不要強撐。」

「嗯，我知道。不過，再讓我感受一下就好，我想要練習在強大力量中不迷失。我也得加強在戰勝負面意識以後，能夠使用魔女之力的時間。」君兒微笑，對戰天穹表示自己沒問題，只是她臉上的虛弱與蒼白卻令人感覺難過。

大概過了十幾分鐘，君兒深吸口氣，背後的蝶翼才退去了被魔女之力浸染的深紫色澤，恢復了璀璨光亮。

「這一次堅持比上一次更久了吧……」

當君兒最後解散了背後的蝶翼，她忽然腿一軟的就要直接跪倒在地面，戰天穹動作飛快的接她入懷中，將她送到了羅剎刻意在演武台一角安置的治療用符文法陣之中。

他讓君兒盤坐於法陣之中，透過法陣的治療能力和緩她的衰弱並且為她補充流失的星力。站在法陣外頭，戰天穹的表情依舊嚴肅，緊握的拳心竟微微的輕顫著。直到君兒搖搖晃晃的站起，他向前一步撐起了她的身子，然後緊緊將之擁入懷中。

知道這是君兒自己的選擇，所以戰天穹既沒有勸說，亦無阻止，只是沉默的守護在她身旁，給予她支持與安慰。這是有生以來戰天穹感覺自己最沒用的時候。

「這一次比上一次進步，只是魔女之力似乎也會因為妳的成長而逐漸增長。不過妳已經做得很好了，慢慢來，一點一滴的去掌控那份力量。」

君兒疲倦的靠在戰天穹身上，任由他擁抱著自己。他堅實如鐵的胸膛讓她感覺溫暖，傾聽戰天穹因為擔憂而略微加快的心跳，君兒跟著感覺自己身體的痛楚也慢慢消散了似的。

戰天穹抬手為君兒抹去額上的汗水，明知此時的君兒不需要外力的協助，他還是忍不住耗用自己的星力為她平緩身體的疼痛，哪怕杯水車薪，只要能提供君兒一點點的協助，他也會盡力而為。

他隨後語出堅持的說道：「今天就到此為止吧，要鍛鍊也不可以超過自己的底線，否則會留下暗傷的。」就像看穿了君兒心中所想，戰天穹率先一步要求君兒休息。

看著面容沉重的戰天穹，君兒猶豫了一會，這才放棄了打算休息一會再繼續的想法。

待君兒休息的差不多以後，戰天穹將演武場的防禦法陣設為休眠，正式結束了這天的課程。

此時夜已深沉，戰天穹的指導課程總是最早開始，也是最晚結束的，整片區域的演武場早就全部關閉，本來熱鬧的修煉環境已是空無一人。

不過這倒是順了戰天穹的心意，他和君兒很有默契的並肩來到了附近的無人公園，尋了一處隱蔽幽暗的位置，找了張長椅落坐休息。此時他們不再是教官與學生的關係，而是單純的以情侶身分相處。

每次戰天穹的課程結束以後，便是他們短暫又甜蜜的約會時間。

看著君兒還有些虛弱卻帶著微微羞意的臉龐，戰天穹嘴邊輕揚一抹溫柔笑意，擁住了她的肩，讓她可以整個人靠在他身上。

君兒靜靜的感受身旁男人對她無條件的支持與守護，心裡很是溫暖。在靜默了一會後，開始訴說自己這一週以來的經歷。像是這段時間她又打敗了幾位挑戰者、認識了哪些朋友、與幾位教官以及高年級學生切磋後的心得……等。

這樣的閒話家常幾乎是他們約會時的主要談話內容，平凡的話題、溫馨的互動，如同過往在皇甫世家時，君兒每晚與戰天穹談話的時間。然而，這份溫暖卻是戰天穹許久沒能擁有的幸福寧靜。

彼此之間沒有太多的激情與熱情，只是深切沉穩的愛著。兩人十指交扣，感受對方的體溫，促膝長談，就像相處了十幾年的老夫老妻一樣。

「天穹，我見到緋凰她們了，沒想到她們竟然也在滄瀾學院讀書，還跟我一樣是塔萊妮雅教官的學生呢。」君兒分享著她這段時間的經歷，提起了再見緋凰與蘭的喜悅。

戰天穹看君兒開心，心情自然也跟著輕鬆起來。他沒有告知君兒他早就知道緋凰等人的事情。

君兒感慨道：「……兩年不見，大家都成長了呢。聽說阿薩特先生也是學院裡的教官，有機會一定要去挑戰他。」

君兒隨後陷入沉默，對比緋凰兩人的成長，她總會不經意的想起自己時日無多的這件事，與戰天穹交扣的掌心不自覺的收緊，一種難言的緊迫在心中滋生。

「別擔心。」戰天穹溫聲安慰道，將君兒摟進了懷裡。他壓下心中的酸楚，說道：「我會儘早成為完整的靈魂，然後取回噬魂本體的力量，到時候我就可以延續妳的生命了。」

君兒因為戰天穹突來的擁抱而面色酣紅。聽他這樣說，君兒只是輕輕依偎在他懷裡，不發一語。兩人感覺彼此的體溫，享受著靜謐甜蜜的一刻。

兩人不約而同的迴避了君兒之後的命運，只想把握現在的每一刻。

羅剎在與君兒逐漸親近以後，也才終於鬆口告知，在君兒二十歲那一年，會有來自於宇宙深處的「星辰淚火」奇景降臨世間。

昔日，「終焉魔女」牧非煙和「白金魔神」巫賢利用千年以前的「星辰淚火」所蘊藏的強大力量，扭轉了時空，將當時還在襁褓的君兒送到千年之後同樣發生了「星辰淚火」奇景的原界之上。

只是君兒成年的這次「星辰淚火」，是敲響了命運最後的警鐘，也是「魔女」面臨覺醒的最終時刻！

蘊含著超越星力的強烈能量，「星辰淚火」的出現將會震撼所有擁有靈魂的存在。對於靈魂極端強悍的存在，那將會是一次完美的精神洗禮；然而，對於靈魂嚴重受創的存在而言，卻是奪命的關鍵！

神秘的「星辰淚火」誰也說不出它形成的主因，只知道「星辰淚火」中隱藏的能量將會撼動靈魂，那會是昇華與收割靈魂，極端兩面的詭異宇宙奇觀。

羅剎轉達了父親大人巫賢的解釋，「星辰淚火」是宇宙制衡生命發展的一種手段，會在固定時間出現。而他之所以選擇在這個時間點讓君兒降臨，則是懷抱著某種連羅剎也難以探究的目的。

因為羅剎提起了那位神秘且強悍的「父親大人」，也就是被稱作「白金魔神」的男子巫賢，君兒才明白了昔日牧辰星的那場夢境之中，牧辰星為何對他懷抱著某種深切傷痛的情感。

巫賢和牧非煙是君兒的血親父母，然而在那場夢境中，牧辰星同樣愛著巫賢……姐妹同時愛著同一位男性，卻因為很多事情所以迫使巫賢最後選擇了牧非煙，也是讓懦弱的牧辰星最後成為「終焉魔女」的關鍵之一。

只是對於那位白髮金眸的男性，君兒感覺到自己對他懷抱著某種難以形容的情感。怕是前世牧辰星的記憶太過深刻，哪怕輪迴轉生成為了新的存在，還是被前世的情感影響著。但君兒很清楚那並不是愛情，而是另一種無法用言語表達的缺憾之感。想到這，她的意識頓時有些飄忽。

看著神色有些恍惚的君兒，戰天穹像是想到了什麼，忽然問道：「君兒，妳這一次頭疼病過了那麼多天，還是沒有發作的跡象嗎？」他神情擔憂的看著君兒。

這個時期差不多是君兒每年一次頭痛病發作的時間，然而已經過了一、兩週，卻絲毫沒有任何徵兆，這讓戰天穹有些憂慮。他也曾想過是否因為君兒近期嘗試著掌握魔女之力的關係，所以延後或者是抵制了頭痛病的發生。

「目前還沒有任何跡象。我和羅剎談過這件事了，他說可能是因為之前靈風和我完成了『神騎契約』，靈風自主性的消耗自己的靈魂之力為我的靈魂療傷，暫時性的壓抑了靈魂傷勢，所以這一次頭痛病才沒有發作。好在解放魔女之力不會加重靈魂的損傷。但畢竟我的靈魂傷勢沒有完全康復，之後就不好說了，也有可能會延後發作時間也不一定。」君兒說出羅剎的解釋。只是一提到靈風，她忍不住擔心起了靈風的狀況。

「不曉得靈風怎麼樣了。」君兒的心情有些低落，想起了分別前靈風的虛弱，心裡既是愧疚也有著擔心。

戰天穹緊了緊擁著君兒的雙臂，沉默的給予安慰。

「如果之後有任何狀況，就隨時聯繫我，我會放下一切趕到妳身邊。」最後，戰天穹輕輕開口，說出他的守護誓言。

「嗯！」君兒點頭。戰天穹的許諾讓她感覺安心，不像外頭那些將花言巧語掛在嘴邊的男人，戰天穹一向不輕易給出承諾，一旦許諾也代表著絕對履行。

兩人彼此緊緊相依。緊握的手、兩顆交會的心，在寧靜月下譜出了深情。

時間漸晚，到了要分別的時刻，下次見面就是一週以後的事情了，君兒因此有些捨不得。

「君兒。」像是明白她的不捨，戰天穹輕喚她的名，赤眸裡寫滿溫柔。

君兒一聽他這樣呼喚自己，便知道接下來會發生什麼事情了。

她羞怯的放鬆了身子，任由戰天穹捧起她的臉龐……等待讓人心動的親吻落下。

不久後，戰天穹陪著滿臉羞紅的君兒，回到學生宿舍不遠處的校園林道上，輕聲道了聲晚安以後，便獨自離開了。

好在正值夜晚時分，而戰天穹很清楚能送君兒到哪裡才不會被人瞧見，不然若是被其他教官或學生看見他這樣親自接送君兒往來，他們的情侶關係一定很快就會傳出去的。

君兒望著戰天穹消失在昏暗中的背影，只覺心裡充斥著甜甜暖暖的幸福感受。因為這樣的幸福很有可能隨時就會消失，所以君兒分外珍惜每一次她和戰天穹相處的時光。只想一點一滴的將那人的一切烙進自己心底，永遠都不想忘記……

偶爾她會因為彼此久久才能見一次面而感覺委屈，但她知道他們各有要事，不能耽誤，只要知道她和戰天穹同處一間學院彼此互相努力，君兒心中的酸澀頓時轉為了力量。

這份幸福，是她能夠繼續前進成長的原動力。

＊＊＊

某次課堂結束，緋凰、蘭還有君兒私底下在討論課業時，緋凰忍不住發言說道：「君兒，一直都沒聽妳提鬼教官的事情，但看妳氣色那麼好，你們兩個應該處得不錯吧？」

蘭在一旁擠眉弄眼，笑得曖昧，惹得君兒雙頰飄起了可人的紅暈。

君兒雖然沒有作答，但幸福的笑容卻言明了一切。

「真好，君兒終於和鬼教官排除萬難在一起了。我也好想找個好男人談戀愛哦。」蘭雙手捧著臉龐說道。

「會有的，我相信每一個人都能找到屬於自己的幸福。」君兒說出自己的祝福，笑容溫柔。

「對了，君兒妳知道我們的塔萊妮雅教官也喜歡鬼教官嗎？」蘭忍不住發問，就想知道君兒對塔萊妮雅教官也同樣喜歡鬼教官是什麼感覺。

「我知道塔萊妮雅教官也喜歡鬼教官，不過可惜鬼教官對她沒感覺囉。」君兒笑得平靜，沒有表露出勝利者的姿態，更沒有因此對塔萊妮雅心懷芥蒂。

而這段時間，塔萊妮雅在職務上仍然是那樣的盡責盡力，她也許可能猜到了她和鬼教官的關係，卻沒有因此刁難她，這不禁讓她對這位女教官的好感又多了幾分。

聊著聊著，緋凰和蘭竟是又忘了提起邀請君兒加入組織的事。蘭猛的想起這一次的主題，忍不住驚呼出聲，提醒道：「啊！差點忘了，這一次的討論是要談期末考核的事情啦！怎麼會扯到別地方去了？」

緋凰這時也才想到此次聚會是為了討論重要的期末考核，趕緊收斂心情。

「緋凰，妳們去年也參加過期末考核了，關於這部分有什麼需要特別注意的事項嗎？」君兒很快就轉回正題，直接詢問有過幾次考核經驗的兩人。她之前多少也聽聞蘭說她們上一次參與考核的經歷，可惜緋凰的好強以及蘭的粗心，再加上對搭檔隊友的不熟悉，所以導致上一次的考核失敗因而留級。

緋凰將自己所知的說了出來：「每個學年的考核會因為當年的安排以及分組的人數略有不同。這一次的考核還沒正式公布在哪進行，不過考核大多會選在野外進行，而且會是新界還未有人探索過的地區。我記得每次考核一定會有的考驗之一是前往未知地區，進行該地區的植物和魔獸採樣與記錄。如果能獵捕到活著的魔獸或者是帶回一些珍稀罕見的植物樣本，可以換來額外的積分。」

君兒一聽，頓時覺得學院真的很會善用資源，讓學生進入未知地區歷練，一來也能順勢擴展新界的未知地圖，只是這樣相對危險，難怪每次的考核總會刷掉過半數的學生。

「雖然說三人小組和五人小組的考核任務是一樣的，只是五個人互相合作一定比三個人還能輕鬆完成任務。但看在三人小組最後平分的積分較高，且這次有君兒在，我們可以再挑戰一次看看！這一次我一定不會再留級了！」

三位女性各自伸出手來，掌心交疊在一塊，彼此互道鼓勵。

「一起加油。」君兒笑道，眼裡煥發著神采，開始期待起了神秘的期末考核。

「加油！」

Chapter 119

期末考核，深入永夜之境

「你決定好期末考核的地點了嗎？」

戰天穹忽然發問，讓正在辦公桌後頭忙碌的羅剎抬起頭來。他彎起一抹神秘的笑容，將桌上凌亂的公文推置一旁，將光腦系統的畫面投射到前方的空氣中。

羅剎指尖輕點，一幅立體式的圓球狀行星儀便在兩人眼前展現，然後，他的指頭點上了行星儀正上方的一處灰色區域，將該區域獨立放大出來。

看著那處灰色區域標示的紅色字跡，戰天穹微微一愣，「這裡不是生命禁區之一嗎？這一次的考核地點你決定選在這，是決定要公開這個地方了嗎？」

羅剎半瞇著眼，帶笑的臉龐染上了幾分嚴肅，眼神閃動著光彩。「也該是時候了。這一次，我會將千年以前設下的遮蔽法陣全部解除，讓『他們』的存在公諸於世。我想這一次的戰爭會比起往年更加激烈，尤其是龍族那邊。所以我們需要擁有與精靈族同樣戰力的『盟友』，幫我們牽制精靈一族。」

「……這算在你們的交易裡面嗎？」戰天穹沒頭沒尾的問了一句。

「沒有，這是他自己的決定。」

羅剎沒有講明那個「他」是誰，但戰天穹聽羅剎這樣說，自然也猜出了對方是誰。

想起了君兒提及那兩兄弟的反目成仇，戰天穹輕嘆了聲，不再言語。

又過了不少時日，學院終於公布了這次期末考核的所在地點——

「永夜之境」，那處位於新界極北之地的未知區域，同時也是新界奇蹟星上的其中一處生命禁區。該處之所以被列為生命禁區，是因為其終年盡處黑暗，裡頭生存的魔獸與生命無不是強悍且危險的存在。

學院根據學年的不同，各自列下了不同的考核需求。而其中一個來自於「陣神滄瀾」直接下達的公開考核任務，這個可以自由選擇要不要達成的公開任務，卻讓君兒目瞪口呆的說不出話來。

傳言「永夜之境」居住著一支神秘的族群，能成功與對方接觸、並深入該族群領地，第一組完成任務的小隊即以最高評等分數通過本次的考核，第二組次之，第三組……

註一：嚴禁與該族群發生衝突，輕者取消考核資格，重者革除學生身分並終生不得進入滄瀾城。

註二：本次任務難度較高，「永夜之境」的魔獸實力平均高於「銀河級」，低於該等級的學生

請慎重衡量自身實力決定是否參加，或者是改選其他較簡易的考核。

註三：本任務不限成功組數，依照達成順序分配分數。

……

看著「永夜之境」一詞以及其地區介紹，君兒忽然想到了靈風曾說他們的族群便處在「永夜之境」之中。聯想到了羅剎與靈風的關聯，她的表情浮現了幾分愕然。

「君兒，妳怎麼了？因為聽到『永夜之境』嚇到了嗎？哈哈，我也是呢！那裡可是號稱生命禁區的地方之一欸！學院這一次竟然會派我們去那麼危險的地方進行考核，那裡可是連傭兵團和大型組織都無法深入的地方，學院這次是想害人吧？」蘭語帶不滿的抗議出聲。

然而「陣神滄瀾」做事從來都不多加解釋，依照慣例，這位神秘且強大的校長一向不會選擇這般危險的區域進行考核，為何這一次卻是反其道而行？

緋凰比起蘭冷靜許多，她憑著縝密的思維提出了自己的看法：「……會不會是校長早就跟對方族群有聯繫，這一次是他們串通好的一場考驗？畢竟附註裡也有提到不可與對方族群發生衝突之類的提醒。」

緋凰的猜測讓君兒訝異的看了她幾眼，感嘆她的猜測幾乎接近真實情況。

「總之，既然期末考核的地點已經選定，那麼我們就先來收集有關『永夜之境』的資料，做好萬全準備吧！期末考核最重要的狩獵和採集任務都已經公布出來了，我們得先了解『永夜之境』的情況才行。」君兒沒有多加揣測，而是決定要儘早了解考核目的地的一切資料。

「陣神滄瀾」這一次異常的大動作，惹來其他大型組織以及守護神們的關注，然而羅剎卻只是淡淡的說了一句「到時候就知道了」，此後再不開口談論與這次考核有關的事情。

坊間有傳言「陣神滄瀾」早就知道「永夜之境」有一族群存在，又有言談論斷推測那裡是「陣神滄瀾」早期發現、探索過的古遺跡之地……但無論哪一種觀點，都直指「陣神滄瀾」有所隱瞞，而今終於要將隱瞞之事公諸於世了。這讓他因此有了正反兩極的極端評價，但羅剎紋風不動，不顧旁人言談，只是等事實被揭露出來時，能夠證明他所做的一切全是正確的。

到時，就讓事實去解釋一切吧。

「『永夜之境』……靈風，你還好嗎？」君兒邊查找著資料，想起了那位與她擁有同樣髮色、瞳色，嘴邊總是帶著慵懶笑意，經常出言調侃她的男子。

她多少猜出了羅剎的打算，只是在期待可能會與靈風見面的同時，那同時處於「永夜之境」的另一人，讓她的心忍不住忐忑起來。

她的母親牧非煙，此時正身處「永夜之境」的精靈母樹之中無法離開。若是這一次她有機會踏進「永夜之境」，是否有機會與母親好好談談呢？在與羅剎相處的這段時間，她因為羅剎的真誠與溫柔漸漸放下疏離防備，原本對牧非煙與羅剎的仇怨慢慢淡去，剩下的只有渴望血親相見的期許。

也因為考核地點的公布，學生們各個忙得熱火朝天，有些大型組織釋放了關於「永夜之境」的資料提供給加入組織的學生成員們，有些家世優渥的學生則是出錢向探索過「永夜之境」的傭兵團體購買資料。

緋凰和蘭都各自拿到了來自於「九天醉媚」提供的資料。這天她們就想和君兒共享資料，然而卻意外的發現君兒對「永夜之境」的了解比組織提供的資料還更多。

「……所以，基本上在『永夜之境』絕對不可以使用太過明亮的照明，否則容易引來魔獸，最好是使用偏螢光系的光源。在裡頭行走必須全然仰賴精神力，除非擁有特殊的夜視能力，不然會是寸步難行。」

緋凰兩人聽著君兒侃侃而談，一時間竟然對自己手上的資料失去了信心。就連她們「九天醉媚」知道的都沒有那麼詳細，君兒究竟是如何得知這些消息的？緋凰猜想可能是君兒的符文指導教官「陣神滄瀾」親口轉達給她的，所以選擇了相信君兒的資訊。

然而，這卻是一個美麗的誤會，君兒了解的這些全都是過去和靈風閒談時聊到的。若說這個世界上誰最了解「永夜之境」，那無疑是生活其中的靈風以及其族人了。

三人敲定了計畫，各自去進行準備。依照三個人不同的才能，確定了由緋凰做這一次的隊長、君兒為主要戰力、蘭則可以利用水系天賦暫當隊伍中的治療師。

在考題公開後不久，塔萊妮雅便聯繫了自己負責的學生，並修訂每組小隊的計畫。這次終於輪到了君兒這個隊伍。而君兒決定利用靈風指導過的藥劑學，為自己的小隊製作一些保命的藥劑。也因為君兒展現了這份才能，讓隨後得知這個消息的塔萊妮雅很是驚訝。

「同時是治療師又藥劑齊全，小緋妳們的隊伍可以說是存活率最高的一組了。而且我沒想到君兒竟然掌握了那麼多的資料……妳確定跟大家分享嗎？」塔萊妮雅看了一眼君兒公開分享在光腦系統上關於「永夜之境」的資料，有些訝異的問道。

要知道，這可是關於自己的考核成績，考核也是有排名的，君兒這樣的舉動無疑讓她失去了一部分的優勢。然而，公布資料也不是沒有好事，那就是會有很多人認識君兒這個小隊，若是在考核時遇到危險，其他學員多少也會因為這件事對君兒的小隊伸出援手。

這個決定有失也有得，但顯然後者的好處多過於不公開資料。

塔萊妮雅看著做出這樣決定的君兒，眼裡有著欣賞。

「嗯，公開吧。」這也是為了讓人能更了解「永夜之境」。資料越透明，才可以讓人們越了解那個地區，也可以盡可能減少人類與靈風族人發生衝突的可能性。君兒是這樣想的。

隨後塔萊妮雅便將君兒所知的一切全部公開，在學院與不少組織內部引來重大動盪——因為那些內容太過詳盡，比起傭兵團與組織大費周章深入「永夜之境」得來的還要更加清楚。

對於這些，君兒並不重視，她一如往常的進行修煉，終於在前往期末考核開始前突破了瓶頸，到達了能夠初步掌握領域的「星海級」，這讓她們完成考核的機率又更大了一些。

＊＊＊

隨著考核的日子一天天的接近，君兒心裡期盼與緊張的心情也逐漸加劇……

考核那天，滄瀾城的航艦起落廣場來了不少航艦，供學生們搭乘前往那遙遠的永夜之境。

教官們沒有來送行，僅因他們另有任務。
戰天穹站立於羅剎辦公室的落地窗前，遠遠看著航艦一艘艘的飛離滄瀾城。然後，他回頭看向同樣一臉嚴肅的羅剎，開口說道：「走吧。」
話語方落，戰天穹便踏進了空間的漣漪之中，撕破了空間直接前往目的地。
羅剎一笑，腳下閃過天藍色的符文法陣光輝，身影一閃而逝。

透過空間瞬移的兩人比起航艦還更早一步抵達「永夜之境」，然而已經有不少組織暗中等候於此。戰天穹隱藏於空間之中，沒有打算在人前出現；羅剎則是踩著法陣光明正大的出現。
當「陣神滄瀾」代表性的法陣出現時，原本那些等候於此的組織提起了百分之兩百的注意力。
眼前盡是一片宛如傍晚般的天色，前方就是「永夜之境」的中心，完全深邃的黑暗區域。在這昏暗的天光底下，羅剎抬手間便揮灑出了一道道符文序列，星力聚集在他手邊，凝聚成了璀璨的符文法陣。
時間一點一滴的過去，聚集在羅剎身邊的法陣變得越來越多且複雜，最後聚集成了足有十丈寬敞的巨大法陣！羅剎一臉平靜，彷彿手中極其複雜的符文法陣對他而言很是輕鬆似的。

此時，前方黑暗的所在也奇異的亮起了同樣的符文光輝，黑暗被另一座不斷向外擴張，似是包裹住整個「永夜之境」的法陣阻隔於內。所以當「陣神滄瀾」手中閃現與眼前法陣相同的符文法陣時，一些關注著此處的人們終於肯定了「陣神滄瀾」與此地關係密切的猜測。

隨後，那十丈寬敞的法陣隨著羅剎向前推的動作，綻放出了耀眼卻又不至於刺眼的光輝，點點滴滴的沒入了眼前的無盡黑暗之中，與前方的法陣融合在一塊——黑暗就像是被喚醒了一樣，幻化如漆黑的雲霧般，然後退了開來……

看著這一幕，人們無不驚呼出聲！

本來的黑暗不再深邃。那過去漆黑得看不見五指的「永夜之境」，終於讓人類看清了它的真顏……外圍是暗色系的樹木林地，越往裡頭仍舊黑暗，卻可以看見自「永夜之境」深處傳來的淡淡螢光。這讓人不禁好奇那裡究竟是什麼樣的所在，為何會綻放出那樣奇異的光輝？

有些組織團體見「陣神滄瀾」沒有任何表示，便試探性的踏出腳步，嘗試要進去「永夜之境」的區域裡。要知道，未開發區域代表著無數無人的資源等著人們去占領、去掌握。

只是還不等第一個團體進入其中，天空某處的空間遽然閃過一道赤芒，一柄通體赤紅、刻著惡鬼標誌的長柄戰斧如道紅雷似的直墜地面，硬是在「永夜之境」的前方砸出一處坑洞來，制止了一些貪心之人的前進。

惡鬼標誌的長柄戰斧瀰散著濃烈的血氣。然而，這並非真正實體的武器，而是純粹由星力凝聚成的能量武器，可以想見施展者對星力的絕對掌控。

不少人看著這柄從天而降的武器，不約而同的面露恐懼之情。

與之同時，一道冷漠的聲音同時響起。

「凡傷害『永夜之境』族群者即與我和『陣神滄瀾』為敵。」

這柄經歷了無數血戰、收割了無數性命的長柄戰斧，極具威名，是那位始終不被人類承認，卻戰功卓越的黑暗守護神長年伴隨身旁的貼身武器。

「——凶神霸鬼！」

有人驚喊出聲，頓時讓原本打算前進的組織團體瞬間像是屁股著火似的拚命往外圍退去，一時間竟是淨空了該處，足以見得「凶神霸鬼」一詞的凶狠。

誰都沒有預料到，這一次那位有將近兩千年沒有出世的黑暗守護神竟然會意外的發言警告，而他的警告似乎也言明他和「陣神滄瀾」都知道「永夜之境」存有一支神秘族群。

「居於『永夜之境』裡的族群非常強大，為了應對幾年後的戰爭，我們必須爭取盟友為我們抵禦敵人的來襲。我可不希望因為一些心存貪意的人一時的自私，而讓人類失去了一支可能成為盟友的族群，為人類多增加一支敵人。」羅剎冷冷掃視著底下的團體組織，語出警告。「這段時間是我滄瀾學院的學生進行考核的時間，我會和『凶神霸鬼』鎮守於此，一旦發現違反者，殺！」

「殺」一字方出，一股強烈的殺氣登時自羅剎身上綻放，讓人倍感壓抑。羅剎在警告完之後，身影便消失在符文法陣之中，暗藏於空間守護這次的考核進行。

底下的人群在一陣沉默以後，爆出了喧囂吵鬧的討論聲。他們不約而同的將先前兩位世間最強者的警告傳達出去，一時間竟震驚了全世界。

而有人卻注意到，「陣神滄瀾」與「凶神霸鬼」雖然語出警告，卻都沒有制止他們進入，於是開始有一些大膽的組織嘗試靠近惡鬼戰斧，除了惡鬼戰斧在他們要經過它深入「永夜之境」時，上頭會隱隱閃過紅芒，像是在提醒人們「凶神霸鬼」隨時注意著此地似的。

確定「凶神霸鬼」並無制止他們進入意思，人們才大膽了起來，一一踏入「永夜之境」。

另一方面，位於「永夜之境」的深處。

天空的變化自然也引來裡頭居住的永夜精靈一族注意，只是他們早就得知了消息。看著那變化的天空，儘管黑暗依舊，但「永夜之境」的外圍已經不再那麼昏暗，讓他們知道那原本遮蔽人類探究的防禦法陣已經被設立者羅剎解除了，一時間有人歡喜有人愁。

歡喜的是他們這一族終於能再見天日，愁的是即將面對比他們一族人數更多、心性也難以捉摸的人類，以及即將迎來的……與另一位王，最終死戰的時間。

在紫紅色的精靈母樹上，靈風慵懶的斜倚在一根枝椏上，手枕在腦後，絲毫沒有身為一位王者該有的氣質。

瀏海隨風輕揚，露出了他那一雙漆黑如墨的眸子。

如今羅剎要公開他們這一族的決定，也代表著他準備要承擔起身為王者的責任了，他和族裡的其他族長談過了靜刃的事情，明白了這一世王者一分為二的命運。

一分為二的王與族群，代表著兩種不同的意志與兩種不同的未來。取決於留下的究竟是哪一位王以及所屬的族群。

——這便是這一世的王所要帶來的「變革」！

「羅剎大人解除遮蔽法陣了嗎？這樣說來……君兒很有可能會進入這裡，和另一位魔女相見了吧？」他看了一眼精靈母樹的根處，然後搖搖頭苦笑出聲。

不過一想到君兒在不久後會進入「永夜之境」，他就忍不住想起了那個固執倔強、一心只想要變強的笨蛋妹妹。

「有點想那個笨蛋了。」靈風喃喃說道，嘴邊揚起了一抹溫柔笑意。這段時間他幾乎都待在母樹附近，由母樹治療和緩他衰弱的靈魂之力。靈風也沒有放棄修煉，為了有朝一日能夠親手打敗靜刃，破壞他意圖殺死君兒的執著。

「靜刃，我從來沒想過我們會走到這一步，不過身為王的一部分，我相信我同樣擁有王者的才能……下一次，我不會像上次那樣敗於你手中了。」

靈風看著天空上深邃的黑暗，目光彷彿要穿越層層空間看見位於新界之外碎石帶之上的靜刃。心很痛，然而卻是驅使他繼續前進的動力。

為了制止靜刃繼續犯錯，所以他必須學會對自己以及對兄長殘忍。

「這會是我最後一次放縱自己了……」靈風緩緩闔上了眼，壓下心中的酸楚，在母樹溫柔的能量輕撫下，沉沉睡去。

再睜眼時，他將成為真正意義上的精靈王——他將背負起整個族群的命運與未來、成為君兒身前堅強的盾牌，不再逃避他所應當承擔的責任。

Chapter 120

九天醉媚的邀約

印有滄瀾學院徽章的航艦在「永夜之境」的外圍處停靠。當學生們抵達時，很快就注意到那柄砸入地面的赤紅色戰斧。

有人認出了戰斧的主人為何，一時間，所有的學生感到震驚。

君兒儘管沒看過戰天穹的這柄斧子，卻從上頭透露出來的氣息認出了一二。她精神空間裡的精神印記在看見那柄斧子以後有了反應，讓她知道這是屬於戰天穹的武器——帶著狂霸氣息的斧子讓她忽然有種戰天穹就在她身邊的感受。

這讓她明白，哪怕戰天穹不在她身邊，但他永遠守護在她左右。這柄斧子的出現雖說是警告眾人，卻也相對的提醒了君兒，他隨時關注著「永夜之境」與她的消息。

「我的天啊，『凶神霸鬼』怎麼會注意到這裡啦！」蘭害怕的說著，瞧她小臉變得蒼白，可以見得她有多害怕這柄斧子的主人。

緋凰看到那柄戰斧後也是面露震驚，她自然也從旁人的言談中得知了「凶神霸鬼」之前的警告，卻並不擔憂。「『凶神霸鬼』從來不會沒事傷人，他應該是警告一些心懷惡意的組織吧？畢竟如果『永夜之境』真的擁有一支神秘族群，就連『陣神滄瀾』都放話了，再由『凶神霸鬼』給予警告，這樣的效果強力多了。」

「他以前曾經發瘋屠過身邊戰友與親族，天知道這位凶神哪時候會爆發啊？一想到他可能也在這裡，我就忍不住……」蘭還是擔心著，顯然受到「凶神霸鬼」的負面傳言影響居多。

哪怕時間過了極久，關於「凶神霸鬼」的可怕傳言還是深深烙於人心之中。

對此，君兒只是輕輕一嘆。旁人對戰天穹的不諒解，她無法替他解釋，只能聽著旁人對自己的愛人這樣下論斷。心裡對戰天穹的心疼更深了，他或許曾經犯錯，卻也花了更多心力彌補……她知道，他其實才是最痛苦的那個人。

「走吧，該出發了。」

君兒領頭繞過了那柄戰斧所在的坑洞，同時目光溫柔的駐留在斧頭上，然後頭也不回的進入了那昏暗深沉的林間。

＊＊＊

一行三人靠著精神力的感知，在茂盛昏暗的林間穿梭著。

這深沉的黑暗很是折磨人的心智，精神力雖然足夠她們辨明方位以及障礙，但沒了視線的幫助總是讓人心生惶恐。

好在三人之前便在君兒的要求下，練習過單純以精神力感知四周的能力，所以倒也很快就習慣了這樣的環境。

「等等。」君兒忽然停下了腳步，她的精神力感應到前方傳來吆喝聲，星力的波動極強，低低沉沉的獸吼此起彼落的傳了過來，顯然有一個大型團隊在與魔獸戰鬥。

緋凰同樣也感應到了前方的情況，出聲提醒跟在她身後的蘭停下腳步。

這一次「陣神滄瀾」解除了「永夜之境」的限制，將之全然開放於世人面前，讓不少組織團體也參與進探索這處未知區域的任務，卻為學院的學生造成不少麻煩。

畢竟組織團體人多勢眾，一路掃蕩竟是沒留下多少東西給他們這些需要完成考核的學生，使得他們只能一路向更深處邁進。當然，非學院隊伍的掃蕩，也變相的減少了學生直接對上強悍魔獸的機率。

君兒沒有多說，只是細細的感受著從自己圖騰傳來的那份隱晦感應。隨著進入「永夜之境」越深，她開始能漸漸感覺與靈風之間的連結。儘管害怕再次讓靈風變得衰弱，但一直逃避也不是辦法。她最後定下心來，根據感應選定了方向，三人避開前方團隊的爭鬥，繼續前行。

三人腳步不停的深入林間，然後君兒憑著比緋凰兩人還要更強大數倍的精神力找到了一隻潛伏於林間的魔獸，登時出聲提醒道：「前方有一頭魔獸，實力判斷約在『銀河級』顛峰！」

「『銀河級』我們還可以應付。我和君兒主攻，蘭輔助，我們上！」緋凰下達了指示，抽出腰間配劍攻了上去！

「吼——！」被發現的魔獸顯得震怒，張口便是咆哮。

音波在周身震盪出無形的波紋，刺耳尖銳的讓人就想摀耳，好在君兒先前就將「永夜之境」的魔獸大多是以音波進行攻擊的事情轉達而出，在魔獸使用音波攻擊時，三人各自使用自己的法子保護自己的雙耳，同時加劇攻勢，省得魔獸的音嘯惹來更多魔獸的支援。

昏暗中，魔獸暴怒的吼叫以及尖利的武器切割聲、林木被撞倒的倒塌聲成了此地的唯一主軸。良久後，一聲悲鳴以及沉重的倒地聲傳來，也宣示著這場戰鬥的終結。

「好強！可怕的魔獸、可怕的『永夜之境』……」

三女在方才的戰鬥中帶上了傷勢，這多少是因為彼此間的戰鬥默契配合的不是很完美，不過默契總是要在戰鬥中磨練出來的。三人停下來檢討方才的戰鬥，同時讓蘭為彼此治療了一下，所幸幾人的傷勢沒有嚴重到要使用藥劑，這讓君兒不由得鬆了一口氣。

隨後，三人各自採集了魔獸身上的部分組織以及附近的植物作為考核任務需要樣本，然後繼續前進。

她們足足花了七天，才自「永夜之境」外圍的暗沉樹木區，進入了閃爍著螢光的樹木中層區域。視力在此終於有了作用，卻只是勉強能透過螢光望見眼前事物。

這裡的所有植物都散發著或藍或綠的微弱螢光，然而許多微弱的螢光聚集在一起也顯得相當可觀，形成一種神秘又夢幻的絕妙奇景。看著這與外圍截然不同的地區，三人雖已是精疲力竭，卻不由得精神一振。

要知道，美麗不等同於安全，君兒小心翼翼的釋放精神力勘查周圍，施展了可以遮蔽她們氣息的符文法陣，才招呼著緋凰兩人落坐休息。

「真是的，雖然早知道『永夜之境』占地龐大，卻沒想到我們花了七天才從那片昏暗的區域走出來，這樣要抵達深處，與神秘一族接觸還要多久？」

考核限定了一個月的時間，但就唯恐她們會在這個黑暗空間迷失方向。儘管她們可以選擇完成其他的考核項目，最後同樣也能完成考核。只是，沒有挑戰就沒有成長，所以三人在考核開始前就決定要共同挑戰深入「永夜之境」的公開任務——這多少稱了君兒的心意。

但女人總是愛美的，這段漫長的路程必須時時處於緊繃狀態，根本沒時間清理自己，身上血跡混合著汗水的惡臭氣味以及黏膩的感受，實在令緋凰和蘭有點難以忍受。而這樣的情況顯然要持續很長一段時間。

相比兩人的難忍，君兒對此卻是泰然自若。她可以說是這段路程中的主要戰力。她束成馬尾的長髮在幾次戰鬥中染上了汙漬與血跡，此時糾結在一塊，身上也有著不少傷勢。要說難受，三人之中應當屬君兒為最。

只是在星盜團時，君兒為了能夠快速融入那個鐵血暴力的環境之中，經常會和那些粗莽隨意的星盜們一起出戰。那時的生活才是真正的痛苦，然而為了生存，她必須捨棄女性乾淨整潔的習性，曾經有長達一個月的連續戰鬥，讓她根本沒能夠好吃好睡，更別提沐浴清潔了。現在的情況比起當時的刻苦，只能說是小菜一碟。

「如果連這些都不能忍受，還是回去繼續當大小姐好了。」君兒冷冷的說道，一時讓語出埋怨的兩位同伴徹底啞然。

三人沉默，把握時間調息補充體內流失的星力，隨後各自拿出隨身攜帶的壓縮乾糧進食。

蘭在此時終於按捺不住，開口將一直掛在心上的那件事說出口來。

「欸，君兒，我和緋凰提起過『組織』好幾次了，但是妳從來都沒有回問過我們究竟我們口中的『組織』是什麼。妳一點都不會好奇嗎？」

緋凰瞪了蘭一眼，對這位朋友總是在不恰當的時機說出不合適的問題感覺無奈。只是這段時間一直因為其他事情而拖延了邀請君兒的事，如今既然蘭都開口了，便索性讓蘭繼續講下去。

君兒淡淡的回答道：「我一直在等妳們主動跟我說明呢。」

聞言，蘭無奈的撥了撥糾結的髮絲，順勢將話說了下去：「真是……好吧，君兒妳應該知道，我和緋凰在離開皇甫世家的時候，因為一些事情沒能夠趕往我們安排好的飛艇上，反而是被一個專門探險古遺跡的組織救了的事情吧？」

「這個組織名叫『九天醉媚』，是守護神之一的『魅神妲己』創立主持的組織喔！當時救下我們的便是塔萊妮雅教官，她和我們同樣擁有皇甫世家的血脈，是很久以前從新界皇甫世家逃出的大小姐呢！我和緋凰在組織裡受到她不少照顧。」

「組織很自由，不會管我們太多，提供很多資源供我們學習成長，君兒妳有沒有興趣加入？我想依妳的才能，一定能夠在組織裡大放光彩，我們三個人一起在組織裡打拚吧！以後紫羽回來，我也要帶她一起加入『九天醉媚』，這樣我們四個人就能夠一起工作了！」

蘭邊說，邊激動了起來，顯然對自己預想的未來很是期盼。

「君兒，我是真的覺得這個組織很適合我們發展。組織勢力龐大，足夠庇護我們，裡頭也有很多資源。再偷偷告訴妳一件事，如果表現的好，還可以得到守護神『魅神妲己』的親自教導哦！」

緋凰在蘭開口講完以後繼續補充道，語氣免不了也帶上幾分和蘭相同的期許。

君兒感覺到身旁兩人正用炯炯目光看著自己，然而她只是沉默了一會，平靜的給出了回答。

「……抱歉。」

君兒曾向羅剎打聽過消息，羅剎雖然沒有說得很明白，卻點出了戰天穹與戰族和「九天醉媚」這個組織處得並不是很愉快，所以哪怕她最親近的兩個朋友開口邀請，她也絕對不會加入這個組織讓戰天穹為難。

雖然不知道戰天穹因何與「九天醉媚」結仇，但君兒還是決定站在愛人這一方。

一時間，氣氛因為君兒的拒絕陷入尷尬與沉默之中。

緋凰略微收拾了內心的失落，再次問道：「真的不考慮一下？」

「我很抱歉。」君兒語帶歉意的說道。

蘭本來還懷抱著期許，如今心情只餘尷尬。隨後她忍不住生起氣來，不懂為何君兒不願意加入。她語氣有些激動的詢問起君兒不肯加入的理由，讓緋凰緊張的制止她，省得蘭口不擇言說出一些難聽的話語來。

君兒沉默了一會，說道：「我們是朋友吧？」

「既然當我們是朋友，我們這樣誠心誠意的邀請妳，且身為『九天醉媚』這個組織的成員，我們也很清楚這個組織能帶給我們的好處，妳還有什麼不好相信的？」蘭語氣有些衝的說道。

「既然是朋友，就不要問我理由了。」君兒不打算將自己知道緋凰她們其實是接到要靠近她和戰天穹的任務這件事說出口，當時羅剎告知她這件事的時候，老實說她失落了好一陣子，最後相信緋凰她們跟自己還是朋友，絕對不會傷害她與戰天穹，所以沒有去懷疑她們之間的友情。

「妳……！」蘭氣惱的別過頭去，不想再跟君兒講話。

君兒苦笑，才剛想要說些什麼，忽然一陣恍神，一時間竟忘了自己想說些什麼。待回神時，她才感覺到了不對勁。

該不會是頭痛病要犯了？

但君兒仔細想了想，卻又感覺不像是往昔的頭痛病，便只將她偶然的恍神當成是連日疲倦所造成，沒有多加注意。

＊＊＊

在「永夜之境」深處紫紅色精靈母樹的前方，聚集了永夜精靈所有的族人。

而在人群的最前方，靈風換上了極具族群風格的裝束，背對著族人站立於母樹之前。

比起靜刃服裝的華麗風格，靈風服裝的風格顯得極簡許多。衣飾是純黑色的色系，植物、動物與魔獸的圖騰以金色的紋邊編織其上，代表族群對生命的崇敬。白底金邊的披風披掛肩頭。

精靈長老欣慰的打量著靈風這身打扮，只是抬頭看到了裝扮主人那一頭仍舊凌亂的髮型以後，無奈一嘆。

「唉，靈風大人，您的頭髮……真的不梳理一下嗎？」

一聽長老提及自己的禁忌，原本還站得筆挺、氣勢十足的靈風馬上破功。他抬手掩住自己瀏海，怒聲說道：「不要！說什麼我也不要把頭髮弄好！若要動我的頭髮，那麼這王者的位置我就不要了！」

他這副孩子氣的模樣登時讓一旁的長老們搖頭嘆息。

「難道您真打算用這個樣子出現在人類眼前嗎？」

「這樣有什麼不好嗎？長老們總不希望我頂著和靜刃同樣的臉出現在人類面前吧？這樣在還沒跟人類談妥同盟前，就會先被錯認成是與人類為敵的靜刃，害我被群毆了。」靈風語出調侃，沒了過往在提及靜刃時總會流露的淡淡哀傷。

隨後，靈風語氣帶上了嚴厲：「還有，我跟靜刃不一樣。他有他的特色，我有我的風格，你們不能強迫我變成他。」

看著這樣的靈風，長老們一愣，隨即沉默。

靈風成長了。然而面對他的成長，不少族人為他感覺難過。過去的靈風就像個孩子一樣恣意妄為，大家都寵著他，希望他能永遠保持那樣的天真，但卻因為靜刃的叛離，使得靈風不得不逼著自己成長，承擔起兄長的職責。

可一個族群不能沒有王。沒有了王，他們將會不知道該如何前行。

見一向疼愛他的長老們面露澀意，靈風臉上的嚴厲退去，嘴邊再度浮現本來慵懶灑脫的笑意。

「好了，就這樣吧。我覺得這樣挺好的，挺有我的個人風格呢。我就是我，永遠不可能成為靜刃。但我相信，身為精靈王的靈魂之一，我同樣擁有成為王的才能！」

靈風肅容，慎重的下達了他正式承擔王者責任以來的第一項指示——

「我以精靈王靈風．影翼之名宣布，永夜精靈一族從今日開始自漫長的封閉中解放！為了迎接與另一位背叛我族的王靜刃．影翼的最終決戰，我們將踏出這片永夜的區域，正式進入人類的視野，與人類結為聯盟——這將關乎我們族群的未來！出發吧我的族人！踏入林間，去接觸那些人類。別忘了小心那些看似弱小的人類，人類可是善良與邪惡並存於心的奇異種族。去履行我們與人類守護神『陣神滄瀾』的約定，讓世界因為我們而展現震撼、顫慄！」

「遵命！」族人同聲吆喝，因為靈風的態度與氣魄而心生力量。

這是他們的王——靈風．影翼！

「注意，如有族人發現黑髮黑眼、眼藏星光，年約十八、九歲的人類女孩，帶著她，來到我面前。那位是我此生必須守護的『星星魔女』……」

靈風目光落向了某處，他感覺到契約正在呼應著遠方的某人……

Chapter 121

漸深的恍惚

「既然君兒不願意那也沒關係。我們是永遠的朋友，以後如果妳遇到什麼困難，還是可以來找我們，我們會盡量協助妳的。」緋凰沒有因為君兒的拒絕而對君兒失望，或許是早就猜到君兒不可能加入，所以當君兒開口拒絕的時候，她心裡頓時輕鬆許多。

蘭輕輕哼了一聲，沒有表示，但心情大抵跟緋凰說的差不多。事實上，她只是單純的氣憤君兒拒絕她們的好意而已。

聽緋凰這樣說，君兒才從對思考中回過神來，登時展顏一笑。「我們是永遠的朋友，永不改變！」她許諾著，語氣堅定。

「好了，既然知道君兒的答案，那就可以放下這件事了。趁著休息的時間，我們來討論一下現在掌握的情況。」緋凰轉移話題，不想因為這件事壞了三人的友情。

「等休息過後，我們依舊繼續往『永夜之境』深處前進？根據目前的情況分析，樹木區外圍的危險我們還應付得來，中層以後的危險性可能會更高一些，但應該也是我們所能承受的範圍。且憑著君兒強悍的精神力，我們可以先行避開一些『星海級』以上的可怕魔獸。」

「不過前進時要注意，樹木區外圍有不少組織正在進行大範圍的探勘，小心不要與那些組織接觸。要知道，有些組織可是懷抱著『不能為我所用即殺之』這樣的念頭看待我們滄瀾學院的學生，在考核中死去的學生比比皆是，所以千萬要小心。」

「好在這次的公開考核沒有組數限制，只是要盡可能的爭取時間早日進入，以換取較高的積分。上次考核失敗，這次一定要高分扳回一城！」

「那，我們繼續前進吧，這也是磨練我們默契的大好時機。蘭妳要好好練習節省星力，不要胡亂治療，要將每一分星力用在最好、最恰當的治療時機上；緋凰妳的攻擊很強，但防禦保護做的不是很到位，蘭好幾次因為妳的疏忽而被魔獸偷襲受傷。」

聽著君兒這樣直白的剖析兩人的缺點，不約而同讓緋凰和蘭感到窘迫。

經歷過許多場戰鬥與廝殺的君兒，無論是主攻或者是輔助都未曾出過差錯，僅因她很清楚，戰場一時的失誤，很有可能造成永遠的遺憾。這點她在星盜團裡就深刻感覺到了，所以她從來不失誤，也希望兩位同伴能夠擁有這樣的能力，這不僅僅是為了這次的考核，也是為了往後緋凰她們與其他人合作時能夠保護好自己。

休息了一段時間以後，三人再度起身向前繼續探索。在外圍的暗沉樹木區，她們遭遇了不少埋伏於黑暗中的魔獸。進入螢光樹木區域後，魔獸的能力又比外圍區的魔獸更加強悍了幾分，而且牠們能偽裝成會發光的樹木植物。

在探索途中，君兒她們遇上了幾波學生隊伍，那些學生因為一時不察遭到魔獸伏擊，在危急重傷的時候選擇使用學院在任務前交付他們用來逃命用的符文道具撤離。不過，使用符文道具就等同於這一次的考核失敗。

三人靠著君兒對「永夜之境」的了解，以及她比常人更加強悍的精神力，又驚又險的逃過伏擊的「星海級」魔獸群、也曾躲開星界級魔獸的追擊。

進入螢光區短短三天，她們就轉移了休息陣地不下十次！甚至遭遇了好幾場可能會丟失小命的危險戰鬥，但就是在生死之間，人才能夠爆發出無與倫比的力量，三人的默契在一場場的戰鬥中逐漸磨合，緋凰和蘭也覺得自己的實力更增長了些。

面對危險數倍的魔獸，讓君兒不由得感嘆，難怪靈風一提起族人就感到自豪，在這些魔獸環伺的情況下生存，永夜精靈一族不強悍才怪。

這時，三人始終平靜的隨身光腦系統傳來了輕微振動，顯示著有公開訊息傳來。學院一般不會在考核時期傳送公開訊息，除非是什麼重大要緊的事件發生。三人訝異的互視一眼，尋了一處隱蔽的所在，各自翻出了光腦系統查閱訊息——

永夜之境中層東北處，一組織與永夜之境族群遭遇並發生爭鬥，請學院學生迅速撤離該處。

訊息後方還附帶著經緯度的標示圖。

蘭看著訊息，嘴角一扯。她想到了在進入「永夜之境」前那柄警告意味十足的惡鬼戰斧。「哪個不要命的組織去撚虎鬚啊？『凶神霸鬼』都出聲警告了，他們是想要這裡血流成河嗎？」

緋凰眉頭一皺，說道：「搞不好是為了資源問題大打出手也不一定。那些組織只要看到礦產或者是一些有價值的事物，總會心生貪婪。」

君兒望了標示出來的那個方向一眼。她擔心靈風與其族人擁有精靈特徵，害怕人類將之當成碎石帶的精靈族群，因此爆發爭鬥。

要知道，人類與精靈已經戰了千年之久，其恨意早就深深的刻在民族意識之中。雖說永夜精靈一族的樣貌跟他們的「親戚」略有差異，但身為「精靈」的異族身分仍舊無法改變。

訊息發布將近一個鐘頭之後，一陣轟然巨響自東北處傳了過來，還伴隨著強烈的地震以及可怕的星力波動，直讓人心生寒顫。

＊＊＊

就在事件發生的「永夜之境」東北方之處，只見一道深深的傷痕出現於地表之上，將大地暴力的一分為二，至於那些本來追擊著永夜精靈一族的人類組織們，還不解為何精靈一族忽然退避，一瞬間就在這猛烈攻擊下灰飛煙滅，直接見閻王去了。

戰天穹收回了目光，手邊的赤色星力漸漸消散，接著他閃身回到空間縫隙之中，將後續留給羅剎處理。

此時，深坑的一側閃動著符文的光輝，羅剎憑空立於一群黑髮黑眸的精靈上方，張開的一層防護罩抵禦了方才的攻擊。

明明警告過人類不准與永夜一族發生衝突，還是有人類不顧警告違規。相信這一次殺雞儆猴的實質警告之後，這樣的情況會大大減少。

「羅剎大人……」

一名永夜精靈語帶驚悚的呼喚著羅剎。

羅剎像是知道他要問些什麼，一臉平靜的回道：「哦，你們沒事吧？我和『凶神霸鬼』已經公開警告過所有進入『永夜之境』的人類不准與你們起衝突，違者就是這般下場。」他指了指前方那道大地深痕。
「哦……」這名永夜精靈瞪大著眼看著前方的深坑，一時間愣是說不出話來。
「好啦，該幹啥就幹啥去。小心點，只要又有人類與你們發生衝突，我和另一位守護神就會出現直接施以制裁。」羅剎說完後，身影也同時消失在法陣之中。
見他離開，永夜精靈們各自討論幾句，也紛紛轉頭離開現場。

＊＊＊

地震停止以後，原本螢光林地裡的魔獸遽然安靜了下來。
但隨後，魔獸們此起彼落的發出嚎叫聲，那夾帶著恐慌與驚怒的吼叫聲響徹雲霄，緊跟著地面震動起來。
此刻君兒的臉色變得蒼白。
「快、快上樹！」她急促的高喊著，指揮著緋凰兩人爬上身旁的大樹。
「怎麼了？」緋凰雖然不明所以，卻還是和蘭一起上了一棵螢光大樹。

「魔獸暴動了。牠們可能是受到剛剛地震的影響，開始四處逃竄。妳們各自小心，等等樹可能會被撞斷，所以要盡可能的在樹幹倒下時跳去別棵樹幹上，切記絕對不要落到地面，否則直接使用逃命符文道具離開！」

君兒冷靜的交代，惹得其他兩人感到震驚之餘，更是緊張了起來。

「轟隆隆」的聲音伴隨著獸吼傳來，就在那沉悶聲響即將抵達三人所在時，大夥不約而同吊起了心眼兒——

連續發出幾次「碰碰」的聲響，君兒所在的螢光樹木被慌忙逃跑的魔獸撞了幾次，顯得有些搖搖欲墜。而緋凰兩人所在的樹木則因為乘載著兩人的重量，搖晃的幅度比君兒所在的樹木還要大上幾分。

「糟糕！樹快倒了，蘭我們快跳！」緋凰在聽見一聲讓她緊繃到了極點的「嘎滋」聲以後，頓時放聲大叫，同時提氣踏在遽然要倒下的樹木上借力蹬了出去，攀上了旁邊另一棵同樣搖搖欲墜的樹木。

「哇啊！」蘭慘叫了聲，卻是有驚無險的跳到了與緋凰不同的樹木上。

一時間三人的方位分散開來，但眼下不是會合的好時機，得等魔獸平靜下來再說。

君兒靈巧的躍上了另一棵樹，目光看向「永夜之境」深處，這是個大好機會，她可以暫時跟緋凰兩人分開，試著深入樹林去找靈風還有她的媽媽，她還不打算被朋友知道自己的身分，以免將她們捲入危險之中。

她望了緋凰兩人一眼，有些擔心，不曉得兩位同伴在這危險區域能否平安完成任務。

當腳下的樹木再一次的傾斜，君兒才剛踏步躍出的瞬間，意識卻恍惚起來——她的身體保持著前跳的姿勢，卻因為突來的恍神沒有拿捏好跳躍的高度，下落點竟然距離目標樹木差距甚大，眼見就要直接摔進奔跑的魔獸群中！

回首看見這一幕的蘭因此尖叫出聲。

「君兒——！」

聽著蘭的尖叫，緋凰回首也是一愣！

她第一時間先是閃過了「君兒不可能會發生這種愚蠢失誤」的念頭，然而下一秒，擔心還是蓋過了那樣的質疑。但就當她想要前去幫助君兒時，君兒在此時已回過神來。

君兒手中瞬間閃過一道符文，如同一條繩帶似的纏上了一棵樹木的枝椏，讓她有驚無險的盪過了在地面上奔馳的魔獸。

再次回到樹上的君兒竟已是嚇出一身冷汗。

「君兒，妳沒事吧?!」緋凰的喊聲遠遠傳來，帶著焦急。

「君兒妳還好嗎？」蘭帶著哭音的喊聲同樣傳來。

君兒在平復劇烈的心跳以後，回答了兩人：「我沒事。」

只是還不等緋凰她們細問君兒發生了什麼事情，彼此腳下的樹木搖晃了一會，再度傾斜，使得她們只好各自先行逃命，等之後再會合了。

也因為方才的事情，君兒打消了想要隻身進入「永夜之境」深處的念頭。儘管她並不想讓好友知道自己的魔女身分，但方才的異常讓她多少知道自己似乎出了點狀況，她無法獨自成行，她很有可能隨時在戰鬥中再次恍神，然後被攻來的魔獸奪去性命。

那太危險了，她還有很多事情沒有做，不想先在這裡送掉性命。

等奔逃的魔獸遠去，林間恢復本來的平靜，唯有地上的野獸腳印、倒塌的樹木以及那些被踩得殘破的螢光小草，顯現出了先前的慌亂。

「君兒、緋凰，妳們在哪?」蘭不顧此處不得大聲喧譁省得引來魔獸的規矩，放聲大喊道。

兩道喚聲在不遠處傳出，三人很快就聚集到了一塊。

「君兒妳嚇死我了！」蘭一見君兒就上前緊緊抱住她。她的身子輕顫，顯然被君兒先前差點摔下地被魔獸撞死感到後怕。

被蘭緊緊抱著的君兒有些訝異，這不由得讓君兒心暖了幾分。

「君兒，妳剛剛怎麼會忽然失手？這不像是妳會犯的錯誤。」緋凰嚴肅的看著君兒，紫眸有著擔憂。

君兒苦澀一笑，思索著該如何和好友解釋她的身體狀況。但一直想不到什麼好理由，所以她只好推說方才被樹上的藤蔓絆住腳，一時間分神才導致如此。

對於她的解釋，緋凰和蘭聽出了君兒有所隱瞞。但此刻不是追問的大好時機，只好按捺住困惑，先行休整一番。

隨後三人動作了起來。

在魔獸群慌亂闖過的地區，她們發現了不少逃離不及而被後方魔獸活活踩死的倒楣魔獸，讓她們不用與之戰鬥就能採集到魔獸樣本。可惜的是，植物都被魔獸踩爛了，她們只得繼續尋找其他地方採集植物樣本。

然而，從上一次異常失神開始，接下來的幾天，君兒發生異常失神的時間越來越長——

考核第十五天，君兒在一次的休息時恍惚出神，緋凰兩人怎樣呼喚君兒卻都無法喚醒她，這個情況持續了五分鐘。

考核第十九天，君兒在戰鬥時突然恍惚，因此被一頭魔獸當場擊傷，好在蘭及時救援，緋凰更是有驚無險的戰勝了那頭魔獸，再加上妥善使用藥劑，三人的小命才沒有徹底丟失於此。這次失神的情況持續了一個小時。

考核第二十二天，三人已是疲憊不堪。緋凰和蘭因為君兒連日來的突發狀況萌生了退卻之意。她們察覺到君兒的身體似乎出了毛病，不希望君兒拖著病體迎接這危險的考核。

望著兩位好友，君兒的嘴邊浮現了苦澀的笑意。

「抱歉，但我不會放棄考核的。我們只差三樣不同的樣本就能完成這一次的考核了。雖然說不知道有沒有機會完成公開任務，但現在說放棄太說不過去了。」

「但以君兒妳現在的情況……我覺得還是放棄考核比較好。考核沒過大不了明年再來，朋友沒了可是一輩子的傷痛。」蘭嚴肅的說道。

「……君兒，我知道妳在隱瞞著什麼事。妳的身體狀況是不是出了什麼問題？」緋凰語氣裡滿是憂慮。

君兒愣愣的望著散著螢光的樹梢，時間久得讓蘭誤以為她又陷入了恍神狀態。那時候的君兒，眼神空洞，對疼痛什麼的完全沒有任何反應，就像個植物人一樣……把她們都嚇壞了。

君兒很清楚的知道這一次的情況應該不是頭痛病，這種異常恍神的狀態應該是她腹部上的靈魂椿紋開始崩壞的徵兆。

就如同靜刃曾警告過她的，她身上的靈魂椿紋將會因為年齡的增長而一點一滴的失去效用，之後的時光裡，這種意識清楚、身體卻無法控制的情形會越來越嚴重。

只是她沒想到會這麼快，快得讓她沒能做好心理準備去面對。

良久後，她回首看向兩位好友。嘆了口氣，她決定不再隱瞞眼前兩位友人自己的問題……

Chapter 122

永遠的朋友

君兒突然說道：「我只能活到二十歲。」

緋凰瞪大了眼，感到愕然。

蘭則是在呆滯片刻後，驚呼出聲：「妳說什麼！」

君兒再一次重覆道：「我只能活到二十歲。」

「妳什麼意思！」緋凰隨後回神，又驚又怒的上前抓住了君兒的手臂，怎樣也不能相信這件事。但看著君兒認真的神情，她無來由的知道君兒沒有說謊。這讓緋凰心裡頓時感到一片寒冷。那個堅強的君兒、那個永不放棄希望的君兒，竟然只能活到二十歲？！老天啊，祢這什麼該死的安排！她一直是這麼努力的活著、綻放著自己的光輝，不僅照亮了自己，同時也點亮了她們希望的燈火，為什麼老天竟要在她二十歲的時候奪去她的性命！

「君兒，妳在開玩笑對不對？這笑話很冷。」蘭笑得牽強。只是當她看到君兒平靜的神情後，藍眸裡登時積蓄起了淚花，語氣帶上了強烈的不安：「這不是真的對吧？妳明明是那麼厲害，為什麼會……」

「是真的，就目前而言，我可能只能活到二十歲。」君兒垂下眼瞼，不敢去看朋友蒼白與絕望哀傷的神情。

緋凰深吸了幾口氣，很快就讓自己冷靜了下來。「是什麼樣的疾病？」

「不算疾病，真要說的話，是靈魂上的傷勢吧。」君兒給出回答。

緋凰聞言卻是眉心一皺。靈魂傷勢？這種醫學上無法解釋的病症竟然會出現在君兒身上？但她知道君兒顯然不是隨便說說，而是很肯定的明白自己的問題便是靈魂傷勢所造成。

「靈魂傷勢……如果說找到可以治療靈魂的方法，君兒妳是不是就可以得救了？」緋凰眼睛一亮，頓時聯想到了組織裡的相關資料。喜好研究古遺跡的「魅神妲己」對「靈魂」這玄妙字詞也收集了一些資料，就是不曉得裡頭會不會有能夠替君兒治傷的方法。

「君兒，我們的組織掌握著很多古遺跡的科技，我曾經看過組織裡有著『靈魂』相關的資料，或許裡頭會有延續妳性命的方法！等我們出去，我會申請調閱那部分的資料，看看能不能找到治療妳靈魂傷勢的方法！妳不要放棄希望，知道嗎？」

看著一臉慎重的緋凰，君兒揚起一抹淺淺的笑容，答道：「我還沒打算就此結束呢，我還有很多事情要做！所以我是不會放棄任何可能的希望的！只是緋凰，我的事情妳就不用擔心我了，這點鬼教官和校長已經著手在想辦法了，我相信他們一定能在我的時限結束前想出辦法來的。」

她沒有講明事實，不過卻足以安慰緋凰兩人了。

有「陣神滄瀾」出手，或許君兒真的能得救吧？雖然這樣想，不過緋凰還是暗自將君兒的事情放到了心上，等著考核結束後要向組織討要這部分的資料，希望她的權限足夠調閱那些資料。

「既然這樣，我們還是放棄考核吧？君兒妳不要再勉強自己了。」蘭不知何時上前死死握住了君兒的手，自己手心的溫度竟是比君兒冰涼了許多，由此可見她的緊張程度。

只是，君兒仍舊搖頭。她看向了遠方，說道：「抱歉，但我有一個一定要去的地方。」她想了想，決定要跟緋凰她們坦承一切，相信戰天穹知道她的選擇之後，會尊重她的決定的……面對兩位足以交託生死的友人，沒有必要再隱瞞了，她相信她們！

「有件事我想跟妳們分享。不過要請妳們將之後妳們會看到、知道的一切，當作是我們的秘密，永遠保存下去！無論是塔萊妮雅教官、阿薩特先生，還是妳們的組織上級，都不要透露。這點妳們辦得到嗎？」君兒嚴肅的看著她們，等待回答。

緋凰兩人想也沒想的答應了。

雖說組織要求她們監控君兒的一舉一動，但要上報什麼事情還是由她們自己決定。既然之後君兒打算讓她們知道她的秘密，那麼身為朋友，她們務必要保守秘密。

看著兩位朋友絲毫沒有猶豫的點頭同意，君兒臉上才有了笑意。

「那麼，我們出發吧。前往『永夜之境』的深處。」

「現在？君兒，我們在隨便採集個兩、三個樣本就湊齊期末考核規定的二十個樣本了，還有必要完成公開任務嗎？」緋凰皺眉，不懂君兒為何那麼執著要前往深處。

「……我有不得不去的理由。」君兒掛念著靈風的情況，同時也想見見那位自出生以後便沒有再見面的母親了……

緋凰知道，君兒絕對不會無故深入險境，既然她如此堅持，想必一定是十分重要的事情吧？那麼就只要跟著她前進，到達目的地時終將會知道她所想告知的一切。

君兒率先邁開腳步，背影依舊挺拔、步伐也沒有質疑，彷彿那二十歲大限並未影響到她。

那未曾放棄希望的背影，濕潤了性格一向堅強的緋凰的眼。

＊＊＊

君兒忽然抬手示意兩位同伴隱藏住身影，三人紛紛趴地，藏在散著螢光的草叢之間。前方傳來戰鬥的聲響，顯然有一群人正在與魔獸爭鬥。

「繞開？」緋凰比了個手勢詢問君兒。然而君兒卻沒有像之前那樣回應她。

與魔獸戰鬥的對方沒有像她們之前遇到的人類隊伍一樣，吆喝與咒罵聲十足，相反的很是安靜，只有刀劍劃破空氣的聲響。

君兒豎耳傾聽。忽然，她聽到了某種熟悉的語言。她想起了靈風如歌唱一般的腔調，前方與魔獸對戰的對方似乎也有著同樣的腔調。

會是永夜精靈族的族人嗎？如果是的話，事情就好辦了。

只是事態未明，她不敢貿然上前打斷對方的戰鬥步調，所以示意兩人繼續隱藏。

就在這時，不遠處另一個方位傳來了隊伍前行聲，清淺且一致的步伐聲，可以想見是受過嚴苛鍛鍊的優良隊伍。步伐聲似乎直往戰鬥方位前去。

然後，有人帶著惡意的笑聲響起：「快看，那些該死的精靈在這裡！」

「好樣的，趁『陣神滄瀾』還沒注意到這裡時把他們都抓起來！」

聞言，緋凰和蘭感到愕然。

兩人第一個閃過心中的念頭便是：又是不知打哪來的瘋子，不害怕「凶神霸鬼」和「陣神滄瀾」的懲戒嗎？

只是下一秒，君兒比出來的手勢卻讓兩人陣驚愕然。

君兒比出的手勢是：援助。

這是什麼意思？緋凰心中閃過困惑。

不過，還不等緋凰提問，君兒已經起身朝與魔獸戰鬥的對方方向衝了過去，同時張口喊出了緋凰不懂的語言。

「快走，人類，追擊！」

君兒是用著精靈語言喊出這段話的，頓時惹來與魔獸戰鬥的一方震驚。

當時她和靈風遭遇靜刃之後，靈風教導的課程中便多了那麼一個項目——精靈語言。哪怕君兒只懂得一些簡單的單詞，卻足夠傳達訊息讓那些永夜一族的族人知道了。

君兒不顧可能會被人類團隊發現的危險，大聲喊出警告，頓時惹來人類團隊的注意。與之同時，不遠處傳來了一聲魔獸臨死前的悲號聲響，隨後一聲沉悶的落地聲傳來，顯然對方加速結束了戰鬥。

一名人類團隊的斥候在隨後渾身狼狽回到團隊裡頭，傳達了跟丟對方的訊息，讓團隊領頭惡狠狠的朝君兒的方向望了過去。

不知何時，君兒三人竟已被該團隊成圓形包圍住了。

「X的，竟然敢壞我們的大事，妳們是滄瀾學院的學生吧？」領頭隊長一臉蠻橫的看著君兒，因為她罕見的黑髮黑眼的特徵而微瞇起了眼。起先，他以為君兒跟他原本追蹤的對象同樣是精靈，卻在看見君兒的人類耳朵後感到訝異。

「黑髮黑眼……竟然是人類？」他冷哼了聲，不滿的說道。

要知道，他們追殺那些精靈是暗中進行的事情，就怕惹來始終關注著「永夜之境」的兩大強者注意，好在像他們這樣的隊伍不在少數，「陣神滄瀾」必須時刻注意他們這些隊伍，此時倒是無暇顧及自己學院的學生。

既然被發現了這件事，便得湮滅證據，以免自己團隊先前所為之事洩漏了出去……

「追殺永夜一族，你們是不把『凶神霸鬼』和『陣神滄瀾』的警告放在眼裡嗎？」君兒冷聲問著。在她身旁，蘭與緋凰站在她左右，擺出了戰鬥姿態，然而她們卻不能理解從來不為誰出頭的君兒為何此次會破天荒的與這個粗蠻隊伍槓上。

要知道，對方的人數足足是她們的十倍以上，根本不是她們三個人能夠應付的角色。

只是既然君兒會打破慣例做了這件事，她們這兩位夥伴只能相信她的決定，陪她一同戰鬥了。

「呸，永夜一族？說白了就是精靈而已！」領頭隊長猙獰一笑。
「三個小姑娘而已，把她們處理掉，然後繼續尋找那些精靈的下落。」
「隊長，女人呢……可不可以……嘿嘿……你知道的。」有位隊員看著三女面容姣好，忍不住浮現淫邪想法。
遠方忽然傳來了某種鳥兒的鳴叫聲。由於林間經常會有鳥鳴蟲響，包圍君兒三人的隊伍絲毫沒有感覺到異狀。
君兒本來的緊繃戒備忽然在此時鬆懈了下來，讓靠在她左右的兩人不明所以，誤以為君兒是放棄了戰鬥。然而一想君兒的性格，她們知道君兒從不是懦弱的人，那麼想必是她胸有成足的相信眼前這些惡漢傷害不了她們，所以才會放鬆戒備。
在君兒被隊伍包圍的遠方螢光中，忽然閃過了無數的黑影。
也就在敵人即將要對君兒幾人動手時，慘叫聲忽然自隊伍後方傳了出來！
趁著隊伍的注意力被拉走時，君兒左右手分別拉住了守於自己身旁的兩位友人。她已經決定了要將一切坦白，那麼也不用再繼續隱瞞身分了！而之所以在人類面前展露一切，自然也是明白這些人沒有機會對外界開口講述今日所見了。

神秘的蝶翼圖騰在她額前浮現，一對璀璨美麗的蝶翼自她身後展開，君兒帶著緋凰兩人騰空而起，展翼飛上樹梢，自上空脫出了層層包圍。

看著這一幕，兩人皆是感到愕然。

就在敵人因為君兒的展翼同樣震驚時，死神已然揮舞著手中鐮刀收割起了性命……

一陣兵荒馬亂過去，直到停息也不過幾分鐘的時間。短短幾分鐘，原先準備要將君兒三人處理掉的人類隊伍，便被另一群黑髮黑眼的存在處理掉了。

蘭愣愣的看著趕來支援的對方，那些人們擁有與君兒相同的特徵。光看第一眼，她還以為是君兒的族人前來救援了，但在看見對方擁有的精靈尖耳以後，竟是不知道開口說些什麼了。

君兒背後的蝶翼化作光點消散，沒有看向兩位友人，而是對著底下望著她的永夜精靈，開口說道：「靈風，朋友，見面。」她用的同樣是精靈語言，就怕永夜精靈聽不懂人類語言。她表示自己是靈風的朋友，希望能與之見面的訊息。

底下幾位永夜精靈彼此互看了一眼，然後對著站在樹梢上的君兒半跪於地，說道：「魔女大人，王等您很久了。」

聽著永夜精靈字正腔圓的人類語言，君兒的臉龐浮現尷尬的紅暈。她沒想到對方竟然會說人類語言，不過一想到靈風曾提過族裡也有極少人會離開族群進入人類世界修煉，頓時也了然了。

永夜精靈派來了三位族人帶領她們進入族群，而其他的永夜精靈則是繼續深入林間，尋找其他需要幫助的族人。

「我們走吧。」君兒一個靈巧的跳躍，跟上了永夜精靈的帶領。

在她的身後，緋凰正用複雜的眼神望著她，而蘭則是呆滯住了，直到緋凰推了推她這才回過神來，兩人並肩跟上了君兒。

從君兒方才展現出來的力量看來，以及那些黑髮精靈以人類語言說出的稱呼，她們忽然明白了很多……

兩年多前流傳在人類世界的那首「魔女之歌」，提到了魔女額心烙有蝶翼圖騰、眼藏星光、身背翼翅，君兒幾乎符合了前後兩點，雖然沒看過君兒眼中的星光，但看樣子君兒確定是謠傳中的魔女無誤。

魔女……沒想到，君兒竟然背負了那麼多負擔。

看著眼前的同伴，緋凰第一次覺得君兒距離她們好遠、好遠。

或許就是因為這樣沉重的負擔，君兒才會這麼堅強吧？

深吸了口氣，緋凰壓下心頭的酸楚。

「無論如何，我們永遠都是朋友。」

聽著身後傳來的這句話，前方未曾回頭的君兒腳步微微一滯。

「嗯，永遠。」君兒綻放了笑容。

Chapter 123

魔女牧非煙

有永夜精靈親自帶路，君兒三人很快就抵達了屬於精靈們的村落。在抵達時，她們三人的目光不約而同被佇立在村莊中心的巨大樹木吸引住了。

紫水晶般晶瑩剔透的樹身、如石榴般鮮豔的樹葉，讓人難以想像世界上竟有如此美麗的樹木存在於世上。

而在村莊裡頭，竟然已有不少滄瀾學院的小隊抵達此處，正在休養了。

「嘿，妳們是第十一組來到這裡的隊伍。」有位身上包紮著繃帶的學生對著君兒她們如此說道。「等等妳們的精靈領路人應該會直接帶妳們去見校長。妳們放心，這些精靈不是壞人。校長剛剛現身過，告訴大家可以在這裡好好休息，等考核結束後有人協助我們離開這裡。不過妳們要小心，盡量不要跟這些精靈起衝突，我們剛才看到有人想要偷東西，那人直接被那些精靈打斷了手腳，然後由校長親手開除了學生身分，丟出了『永夜之境』呢。」

想起方才的畫面，對方身軀顫了顫，似乎覺得後怕。

君兒三人衝著這位熱情解釋的同學點了點頭，然後跟著前方帶領的永夜精靈走進村莊。

領頭的永夜精靈忽然停下腳步，他看著君兒，似乎在猶豫什麼。

「帶我去見靈風吧。」君兒輕輕一嘆。她的目光落向了村莊中心的那棵巨大樹木，隱藏於精神空間的圖騰可以感覺得到靈風便在那裡。

「那她們……？」永夜精靈皺著眉，看了君兒身後的兩人一眼。

「一起去吧，她們是我的朋友。」君兒淺淺的彎起一抹笑，說道。

永夜精靈點點頭，繼續向前走去。

這條路說不長也不長，說不短也不短，一路上那位領頭的永夜精靈很是寡言，盡忠職守的領著路，沒有開口說任何一句話。

隨著越發靠近那棵巨大樹木，君兒感覺到另一種不同於靈風的呼喚……自樹木之中傳來，一種如同當時和羅剎見面那時的親近與熟悉感。

「那麼我先退下了。」永夜精靈以族群特有的腔調開口告別，示意三人繼續前行。

君兒向前邁步，終於在不久後來到了樹木之前。

兩名風格迥異的男性佇立於樹木之前，他們看見君兒帶著兩位女孩出現，不約而同感到訝異。其中一名擁有精靈尖耳的黑髮男性，此時嘴邊彎起了一抹略帶戲謔的笑容。

「笨蛋，好久不見。」

聽著靈風這樣呼喚她，君兒心頭一喜，向他走了過去。

「笨蛋哥哥——」

「嗯咳咳咳！」一旁被冷落的羅剎氣惱的看著君兒。他看了一眼君兒身邊的兩人，知道既然能跟著君兒來到這，必然是君兒百般信賴的友人。

也不再隱瞞他與君兒之間的關係語出抱怨：「為什麼妳都喊他哥哥，不喊我一聲哥哥？」

羅剎這番像受委屈孩子的模樣，愣是讓跟在君兒後方的緋凰兩人僵硬了表情，顯然沒料到那位人類鼎鼎大名的守護神會有這樣的神態。

君兒只是看了羅剎一眼，沒有理會他，轉頭好奇的打量穿著正裝的靈風，調笑出聲：「正所謂人要衣裝，沒想到靈風穿起正式服裝看起來還挺有模有樣的呢。」

「哦，妳這話是說哥哥我沒穿正裝就沒模沒樣是嗎？」靈風雙手抱胸，嘴邊掛著一如往常的笑靨。

「君兒……」羅剎可憐兮兮的在旁邊呼喚道。奈何君兒不喜歡他這副模樣，只要他一以成年男子的容貌出現，那麼下場就是被君兒徹底漠視。最後他低哼了聲，腳下符文法陣閃過，瞬間轉換為俊秀男孩的模樣。

看著這一幕，緋凰嘴角一扯，不敢相信那在學院裡經常出現在君兒左右的小男孩竟然是「陣神滄瀾」！要知道她和蘭沒事總會揪揪小男孩粉嫩的臉蛋，或者是把他抱在懷裡把玩——天啊！

今天接受的打擊實在太多了，她有種要昏倒的錯覺。不過緋凰才剛想完，一旁的蘭卻是眼睛一翻，直接倒地昏迷了。平常戲弄小男孩最多的就屬她了，疲倦加上巨大的精神衝擊，竟是嚇得她當場暈眩。

「蘭？！」君兒一愣，沒想到蘭竟然昏倒了！

緋凰苦笑，實在不知道該說些什麼好了。雖然她還想待在現場，也許會有更多的意外等著她，不過因為蘭的情況不佳，所以她只好先帶著蘭去休息，等君兒有空再來找她們談談。於是，她便背起蘭離開了。

看著友人離開的背影，君兒的神情很是無奈。不過或許這樣也好，該讓她們知道的都知道了，剩下的之後再談吧。她轉頭面對兩位一大一小的男性。

靈風輕笑出聲，他看了看身後的母樹，神情慎重了起來。

「好了，既然妳來了，而且羅剎也剛好有空，那麼……妳準備好了嗎？可以的話，我們就要一起喚醒另一位魔女了。」

君兒點點頭，神情緊張。

羅剎見狀，上前主動牽住了君兒的手，用男孩特有的稚嫩卻又溫柔的嗓音安慰道：「別怕，我們都在妳身邊。母親大人一直很期待見到妳……」

只是，君兒卻是擔憂的看向靈風。一想到牧非煙與羅剎對靈風兩兄弟做過的事情，如今竟然還要靈風與她一同面對牧非煙，她頓時有種想要就此放棄的想法。

像是猜到君兒心中所想，靈風張手將君兒擁進懷裡。他沉穩的開口說道：「笨蛋……契約只是一個契機，我跟靜刃反目成仇只是遲早的事情。靜刃之所以做出那樣的決定並不全然是因為契約，他有他的追求、我也有我的願望，與其怪罪事情為什麼會發生，不如接受然後面對。我現在沒有再怪罪誰了，只想和靜刃做個了斷而已。」

「……對不起，如果不是因為牧辰星的願望……」君兒低下頭，語帶歉意的說道。

「不用道歉。」靈風雙手輕放在君兒的肩上，語氣肯定的說道：「妳不是牧辰星，不需要為她道歉。」

聞言，君兒和羅剎皆是一愣。隨後君兒像是了然了什麼，重重的點了點頭。

靈風見狀一笑，「那麼，開始囉，我們要喚醒魔女了。羅剎大人，就請你先施展領域或者是用符文封印這個區域吧，我可不希望被其他人類發現這裡的變化。」

羅剎冷瞥了靈風一眼，噘了噘嘴。「不用你說我也知道，真當你是君兒的哥哥了？明明我才是哥哥好不好……」他邊不爽的呢喃，邊使用符文暫時封閉這個區域，畢竟運用領域動靜太大。

當羅剎準備完成之後，靈風和羅剎合力施展自己的力量，注入那美麗巨大的精靈母樹之中——

君兒垂於兩側的雙手，緊張的握起拳來。

不久後，一道女子嗓音帶著不耐自巨樹之中傳出，說道：「為何喚醒我？有什麼事快說，我能甦醒的時間不多！」話語方落，一位黑髮紫紅眼眸，頭髮微捲的女子自巨樹中心走了出來。

君兒看著這位曾在她夢中出現過的女子，一時間竟感覺有什麼梗在心口，沉甸甸的壓得她說不出話來。

女子面帶不耐的掃過在場三人。然而當她看見了君兒以後，剎那淚光瀅瀅。

「妳、妳是……」哪怕容貌不同，但這種感覺、這感覺——

女子腳步顯得有些踉蹌，她幾步來到君兒身前，怔怔出神的望著她。

「辰、辰星，是妳對不對？」牧非煙臉上再無冷漠。「妳回來了……」

君兒愣愣的望著她，對上了牧非煙那雙紫紅色的眼。她想起夢中母親對自己的慈愛，心中又澀又酸。

「我不是牧辰星，我是淚君兒。」她坦然說道，並且站直了身子，展現出與牧辰星截然不同的氣質。

牧非煙一愣，眼淚瞬間潰堤，喊道：「我的女兒。」

「嗯。」君兒鼻頭一酸，頓時也是淚眼矇矓。

「妳都那麼大了……」牧非煙緊緊將君兒摟進懷裡，語出感慨。「對不起，妳一個人……這段時間真是辛苦了。」

感受到與夢中那同樣熟悉的慈愛，君兒忘了先前的糾結，同樣用力的回抱著牧非煙，感受她身上那份屬於母親的溫暖。

「媽、媽媽……」君兒喃喃唸出她在夢裡不知道喊了多少次的稱呼，潸然淚下。

「我的傻孩子。妳叫君兒？好名字。」

牧非煙展現的母愛，讓從未看過她這番柔軟姿態的靈風心情極端複雜。

良久後，牧非煙這才鬆開了君兒，仔細的上下打量君兒。望著君兒與她有著幾分相似的容貌，她溫柔一笑。

「妳雖然像我較多，但氣質卻更像妳父親。」

儘管她有很多話想要對君兒說，然而礙於她的力量全部放在治療永夜精靈一族的母樹上頭，能夠甦醒的時間不多。

就在此時，羅剎忽然「咦」了一聲，面帶無奈的望向了某處方向。

「君兒，霸鬼來了。」他輕輕一嘆，決定在某人暴力破除他的符文遮罩前放他進來。

聽羅剎提起陌生的稱呼，牧非煙眉頭微微一攏，她看向了君兒，意外的發現君兒臉上的喜意，還有在聽聞對方抵達時，眼眸中瞬間亮起的神采。看著這一幕，牧非煙像是想到了什麼，眼神有些複雜。

母樹前方的空間遽然撕裂出了一道縫隙，牧非煙防備的將君兒護到身後。

「媽媽，沒事的。」君兒輕輕的抱了抱牧非煙，隨後繞過她，走到了那處縫隙之前，臉上竟是不經意的染上淡淡的緋紅色。

君兒隨後鼓起了勇氣，說道：「媽媽，跟妳介紹一個人，我想妳對他也很熟悉了……」

戰天穹自空間縫隙中走出，他先是對著君兒點了點頭，然後看向一旁愣然的牧非煙。

「牧非煙，看到我很驚訝嗎？」他狂妄的笑著，表現出過往不曾流露出的邪氣，那是屬於噬魂的氣息。

「你……噬魂？怎麼可能？你怎麼可能擁有形體了？不，不對，你不是噬魂，你是誰！」

「我叫戰天穹，噬魂的靈魂本體。」

戰天穹冷漠的道出自己的身分，同時牽起了君兒的小手。君兒很自然的與之十指交扣，不經意的做出了依偎於其身旁的姿態，臉上更是浮現了羞澀與幸福的笑容。

而看著這畫面，牧非煙的表情閃過了震驚、錯愕、苦澀，最後都化為一聲感嘆。

「命運終究還是將你們連結到了一塊……」看著君兒展現出過去牧辰星未曾有過的幸福笑容，牧非煙自然猜出了發生了什麼事。

只要君兒能夠代替辰星得到幸福，這樣就好了。

「只要妳能幸福，那麼，或許這樣是最好的。」牧非煙感慨說道，同時一臉慎重的看向戰天穹，「噬魂，請好好保護我的女兒君兒。請原諒我和阿賢以前對辰星做出的事情。」

戰天穹嘴角扯了扯，下意識的就想說出「不可能原諒你們」的話來，卻在感覺到君兒緊了緊握著自己的手後，硬是吞下了那句話，強迫自己壓制在看見牧非煙以後有些暴動的情緒，神情冷冽的點頭同意。

牧非煙輕嘆了聲，臉上忽然浮現了一抹蒼白。她苦澀的嘆道：「……看樣子時間要到了，我該離開了。現在的我還無法甦醒太久，母樹的治療已經進入最後階段，我得繼續沉眠了。君兒，我的女兒呀，好好活下去，我很快就會醒來，回到妳身邊的。」

眼見牧非煙就要走回母樹，君兒焦急的喚住了她：「媽媽，我……」

牧非煙此時已經有半個身子進了母樹，母樹的樹身透出了空間的漣漪。

君兒淚流滿面，對著她高聲喊道：「不用擔心我！我身旁有很多夥伴，小時候有爺爺照顧我，長大後有天穹陪在我身邊照顧我，我還認識了很多朋友，還有靈風跟羅剎也都對我很好，我現在很幸福——擁有很多人支持與愛的我並不寂寞！我會珍惜大家對我的這份愛，勇敢的面對未來，然後創造奇蹟的！」

牧非煙嘴邊掛著笑，望著君兒的眼有著淚光。

「別忘了我們永遠愛妳，還有，對不起……」

永別了，辰星。

牧非煙沒有將這句話說出口，她在看到堅強的君兒以後，便知道過去那個懦弱膽小的辰星不在了，當她被魔女之力控制，被他們終結了性命之時，她親愛的妹妹就永遠不在了……

牧非煙最後回到了母樹之中，就像未曾出現過。

她從出現至消失也不過短短十分鐘，然而這卻是靈風與羅剎同時施展力量，協助牧非煙所能擁有的短暫甦醒時間，下一次見面不知是何時了。

「我、會努力的……」君兒哽咽抽泣著，在愛人與兩位親人面前，表現出了脆弱。

戰天穹將君兒擁入懷中，心疼的抹去了她的淚。

「唉……」靈風嘆息了聲，看著戰天穹擁抱君兒的畫面，心裡浮現了淡淡的酸澀。不過他很快甩開了那樣的心情。

羅剎看著那彷彿沒有人能夠介入的兩人，嘴一癟，想要上前去湊一腳討抱抱，然而卻被戰天穹瞪退了腳步。

「小氣鬼，我是抱我妹妹，又有什麼關係，哼！」

「……羅剎，你知道你躲在這偷懶的時候，永夜精靈遭遇了多少次的襲擊嗎？要不是戰龍現在也來了，我還沒機會來這裡見君兒。」

羅剎聞言，表情一僵，自己偷懶被逮個正著，嗯……真倒楣！

戰天穹冷哼了聲，隨後緊了緊擁著君兒的雙臂，看著君兒，柔聲的說道：「傻女孩，妳在精靈族好好休息吧，我得離開去監控那些組織們的一舉一動，省得又有人想要違背我們的警告。」

君兒在此時抬起頭來，緊抓住時間告訴戰天穹她近日以來的異常狀態。

「天穹，我開始會出現過去那種魂體剝離，意識清楚卻無法控制身體的情況。」

在場三人不約而同表情變得慎重，羅剎更是一個箭步來到君兒身旁，擔憂的看著她。「那是椿紋崩壞的跡象，君兒妳仔細跟我說說妳這段時間的狀況。」

戰天穹的神情有著緊張，然而外頭卻有他不得不去做的事情。雖然戰龍以及幾位守護神皆已到達現場，如果君兒沒有發生意外，他可以派遣剛剛偷懶的羅剎出去支援，但是此時的情況卻不允許如此。

戰天穹對君兒的事情最清楚，但相較之下他在這裡根本沒辦法幫上什麼忙，只好交代羅剎好好照顧君兒，自己匆忙離開。

君兒只是依戀的看著戰天穹的身影消失在空間縫隙之中，沒有任何責怪，只有諒解。

靈風在此時走向前，一把拉住君兒的手，薄唇緊抿，顯然也很是擔心。

「這段時間我會待在妳身邊，透過契約讓我的靈魂之力治療妳的靈魂傷勢。妳放心，在母樹四周我的靈魂之力能夠快速得到補充，不會像以前那樣變得衰弱。」

看著兩位擔心自己的兄長，君兒這才將自己近日有些嚴重的恍神狀況詳加說明。

Chapter 124

妳永不孤單

當天色微亮之時，生理時鐘的固定週期讓君兒自動醒了過來。

考核已經結束了一個月之久，然而回憶起考核當時長達一個月都身處那永恆的黑夜所在，君兒不由得心生惆悵。

那個永恆黑暗的地方幾乎讓人失去日夜的判斷，對已然習慣白晝黑夜的人們來說，簡直是種精神上的折磨。儘管她也很不習慣那樣的環境，但是她一生中最重要的幾人卻都群聚在那，一同陪伴她不少時日。

在靈風與羅剎的幫助下，她終於和十幾年未曾謀面的母親見了面。哪怕牧非煙只甦醒了極短時間，卻也圓滿了她過去未能與父母相伴的遺憾。

明知牧非煙還需要一段時間才能完全甦醒，但君兒每每想起她對自己的慈愛溫柔，心裡還是忍不住有些酸澀。

原以為自己會怪罪母親對待靈風的殘忍，卻在相見的瞬間全忘了那樣的憤慨，明白了在那份母愛之中，究竟隱藏了多少的付出與心酸。再加上靈風的開導，她也漸漸釋懷了牧非煙與羅剎的所為，以感恩他們賦予自己一段新生的意念，取代了仇怨與不諒解。也因為放下了那樣的情緒，心性在得到淬鍊的同時，君兒的實力竟意外的增長了幾分。

唯一讓君兒感覺遺憾的，是她恍神的情況雖然因為靈風的陪伴而和緩了許多，卻依舊還是會偶然發作。這使得她經常不得不臨時中斷課業或者是鍛鍊，且緋凰和蘭兩人也在知道她的狀況之後，幾乎是三天兩頭前來探視關心。

羅剎最後的判斷是，可能要等她實力突破到「星界級」，自身掌握的領域再穩固後，就能穩定樁紋的狀況。於是，君兒沒有二話的繼續埋頭努力修煉了。

而這段時間，原本被「陣神滄瀾」庇護隱藏在「永夜之境」的神秘一族，終於在滄瀾學院的考核結束後公諸於世。那與碎石帶精靈一族截然不同特色的精靈出現於人類眼前，如同幾位守護神原先預料的那樣，因為長年與碎石帶精靈族的仇怨，在人類社會裡惹來一番振盪騷動。

有人質疑、有人憎惡，不能理解羅剎為何要庇護這支精靈族。

然而羅剎在開放「永夜之境」以後，便偕同戰天穹與其他位守護神私下談判過，並且達成了合作的共識。故在每一位守護神的柔性或強硬態度下，人們對永夜精靈一族的態度也逐漸緩和。

其中，身為精靈王的靈風起了絕大作用。在族群自「永夜之境」走出之時，這位精靈王走上了檯面，向世人展現了族群所擁有的力量以及「永夜之境」裡頭蘊藏的豐富資源，表明自族有能力但意不在與人類爭鬥，且公開了許多族群特有的知識與人類共享。

而為了讓人類信任永夜一族與人類合作的誠信，靈風願意來到滄瀾學院作客，讓「陣神滄瀾」親自招待，美其名是文化交流，實際上卻屬監控。這樣一來也讓人類大大放鬆了對永夜精靈一族的戒備。

永夜一族開始有族人進駐人類世界，為世人詮釋了與大自然完美共存的生活方式。

隨著合作漸上軌道，人類也將永夜一族與其碎石帶的親戚做出區別，生活在「永夜之境」與人類結盟的精靈一族便稱為「永夜精靈族」，而碎石帶的精靈據傳有半神眷顧，便稱為「神眷精靈族」……

見時間還早得很，君兒梳洗完畢後又盤起腿修煉起來。她每天的時間因為近期的失神狀態隨時有可能出現因而被壓縮了不少，所以把握時間變成她現在最重要的課題之一。

不久後，隨著早晨到來，寢室外寧靜的迴廊開始傳來了走動的聲響。

房門傳來「叩叩」的聲響。

「嘿、君兒，起床了沒有?」蘭的呼喚聲自門外傳了進來，現在她已經習慣親自來敲門喊君兒起床，順便關心君兒的狀況。

儘管蘭不習慣對紫羽以外的人表露溫柔，卻用彆扭傲嬌的方式表達她對君兒的情誼。

君兒結束短暫的修煉，這才喊了聲：「來了。」

「蘭，今天怎麼那麼早?緋凰呢?」君兒看了一下時鐘，有點訝異蘭今日比過去還提早了半小時來「晨喚」。

「緋凰還在梳洗呢，先到我們的寢室裡等她，等等一起去用早餐。」蘭示意君兒不要在外頭多談。她嚴肅且小心的瞥了四周一眼，同時暗中塞了件小東西到君兒手裡。

在那些早晨來往迴廊的女學生中，不曉得是否有組織的成員偷偷關注著她們，所以這件事蘭做得很小心。

要知道，緋凰自考核結束、離開「永夜之境」以後，便和塔萊妮雅提出了希望能夠研究「靈魂」的要求，並從塔萊妮雅手中取得瀏覽組織光腦資料庫的權限。然而因為是組織內部的私密文件，不得公開給外人得知，所以她們一直小心翼翼的不想被組織覺察到她們將資訊分享給君兒。

君兒的臉色沒有任何變化，輕巧的將那件小東西放入制服口袋裡。

「那走吧，我們去等緋凰。」

蘭點點頭，和君兒一塊朝她們的寢室方向前進。

＊＊＊

儘管她們有所提防，但蘭在考核回來以後，幾乎每日都來找君兒一塊行動的情形還是被「九天醉媚」其他的女性組織成員暗記在心，私下呈報給了頂頭上司塔萊妮雅。

雖然目前並沒有人注意到君兒和蘭交遞物品的小動作，但蘭對君兒的過度關心，還是惹來了塔萊妮雅的關注。

塔萊妮雅早早就進入自己的辦公室忙碌，再接到其他組織成員的消息回報，柳眉一挑，卻是回了條「繼續觀察」的訊息給對方。

她隨後調閱出了光腦系統，操作系統將緋凰曾經瀏覽過的組織資料列了出來，看著上頭的項目，她美眸微微一瞇，喃喃說出了緋凰查閱過的資料內容。

「《關於靈魂傷勢的探討》、《麥氏靈魂修煉假說》、《靈魂與人體的奧妙》……」

她大略翻閱了這些項目，確認了這些內容全都是以靈魂或靈魂傷勢有關的文件。是誰靈魂受了傷，讓緋凰那麼積極的查閱相關資料？這令她有些好奇。

聯想到近日蘭對君兒表現出的異常關心。塔萊妮雅猜測緋凰之所以查閱靈魂有關的資料是否與君兒有關？

清除了光腦上的無數畫面，塔萊妮雅以高等權限進入了「九天醉媚」的資料庫，調出了一份在組織中僅有少數人擁有閱覽權限的一份文件與相關圖片。

那是一份組織在某處古遺跡裡獲得的珍貴資料——關於「魔女」的珍稀內容。

一張張手稿的圖片夾帶在檔案夾中。手稿是用某種特殊的材質製成，經歷千年僅有枯黃而沒有隨著歲月化作粉塵，正品被「魅神妲己」親自收藏著。手稿上以古西元時期的文字寫著一位研究者對魔女的探討與其自問自答的內容。

如果羅剎在此，一定會訝異這份手稿的存在。那是「白金魔神」巫賢在最早期偶然寫下的研究手記，沒想到竟然會被「九天醉媚」意外得到。

儘管手稿內容不多且字跡模糊，但大致上能辨別出一些內容。

而其中一張手稿上，繪有一枚模糊的蝴蝶圖案，被先前研究過此篇手稿的研究員拿來對比在新界上另一處毀壞遺跡中找到的蝴蝶圖騰，兩者竟有七分相近。世界上一些隱藏於新界深處的遺跡或多或少留有相關或類似的訊息，不能不讓人揣測是否過去有一位強悍存在，曾在人類抵達新界之前，便在這個危險的行星上四處遊歷、建造古遺跡，探索著與魔女相關的訊息？

對方究竟是誰？又為何對「魔女」有著如此興致？這點是「九天醉媚」創立以來，始終未能解答出的謎題之一。

塔萊妮雅忽然有種靈光一現，卻沒能抓住任何答案。但憑著長年研討資料的經驗，她知道似乎有什麼事情就要真相大白了。

她繼續瀏覽起緋凰曾瀏覽過的內容。

或許就連緋凰都沒注意到，自己竟無意間多次開啟了幾次昔日加入組織時，組織曾公開給她們瀏覽過的一份文件——一份刻有蝶翼圖騰的遺跡資料。

觀察仔細的塔萊妮雅注意到了這份資料被緋凰瀏覽了多次，她細心的調出緋凰閱覽這份文件的時間點，意外發現有許多次的點擊都是在這次期末考核之後才有的記錄……

塔萊妮雅找出了這些瑣事之間的隱密關聯性，並且從這些零散的消息中推測出了可能的情況！儘管還不能確定自己的猜想是否成真，但她對自己的直覺有著絕對的信心，隨後她將這些發現整理成一份完善的報告，將報告上呈給更高層的組織領導者查閱。

她對事件的敏銳與細膩觀察，便是她成為組織中擁有極高權限的主要原因。

＊＊＊

當緋凰走出寢室，君兒看著她眼眶底下浮現的淡淡暗沉，不由得感覺愧疚。

「緋凰，期末考核都結束了，那些額外加分的作業也可以暫時放一放，不用那麼拚學生積分吧？」君兒假借作業之名，提醒緋凰不要再為她查探靈魂傷勢的資料，就是不想看到緋凰因此憔悴的模樣。她擔心「九天醉媚」會注意到緋凰的異常。

「再一段時間作業就可以全部完成了，之後我會好好休息的。」緋凰扯出一抹勉強的笑容，臉上難掩疲倦。

她的好強是優點也是缺點，這點令蘭和君兒很是沒轍。

君兒眉一皺，見緋凰依舊堅持，最後只得嘆了口氣，尊重緋凰的決定。

緋凰掩嘴打了個哈欠，隨後強提起精神，說道：「好了，期末考核結束以後課程也都停止了，但既然君兒妳想要去圖書館看書，我與蘭就捨命陪君子，和妳一起去圖書館看書吧。」

君兒在此時歉意一笑，雖然就如緋凰所說的那樣，期末考核結束以後課程也告一段落，但她仍然不想落下學習。對她而言，每日能夠睜眼再次看見陽光，能夠學習自己不熟悉的知識，就是一種人生的幸福。

「對了！我們通過期末考核，下學年又能提升一個學級，據說這一次學院會開辦永夜精靈的知識課程欸，由那位幽默帥氣的精靈王親自授課喔！我們要不要一起報名那堂課啊？」蘭語帶好奇，同時目光不由得瞟向了君兒。想起君兒在「永夜之境」時與那位名喚「靈風」的精靈王以及「陣神滄瀾」的熟識狀態，她忍不住曲肘頂了頂君兒，就差沒直嚷著君兒把靈風介紹給她了——帥哥人人愛，尤其是那位瀟灑俊帥的黑髮精靈。

君兒沒有忽略蘭在提起靈風時眼裡閃過的光彩，想起現在靈風與過去不同的地方，有些哭笑不得的不知道該如何回應。

礙於與人類友善聯盟，靈風也收斂了他的毒辣話語，完美的展現王者特有的風度。彬彬有禮的態度、幽默風趣的談吐以及精靈特有的俊美樣貌，哪怕瀏海遮住了半張臉，但光是那半張臉上掛著的笑容，便讓他成了學院裡的風雲人物。

然而，君兒卻看見了靈風為了族群所做出的隱藏。儘管靈風未曾表現出不滿或怨嘆，但心細的君兒卻看得出靈風笑容裡藏著的疲倦。

現在她開始懷念起在星盜團時的靈風了，至少那時的他，自由自在的不受任何束縛。

三人開始一天的自我學習課程，直到晚上，君兒要去上羅剎的課程時，羅剎才用著男孩模樣來接君兒去上課。

看著那粉嫩可愛的小男孩，蘭再也不敢對他摟摟抱抱了；緋凰更是嘴角一扯，要笑不笑的喊了聲：「校……小、小剎來接君兒去上課啦？」

小剎，這是羅剎之前的自稱，兩女本來喊得很自然，但在「永夜之境」知道羅剎的真實身分以後，每次喊這稱呼怎樣都覺得彆扭。

羅剎俏皮的雙手叉腰，甜孜孜的回了句：「對啊——」

蘭腦裡忽然浮現那位妖異俊美的「陣神滄瀾」用同樣的動作與裝可愛的聲調說出這句話的詭異畫面，不由得渾身一震，登時雞皮疙瘩爬滿手臂。

不過羅剎倒是很能代入角色，絲毫沒有因為蘭用怪異的眼神看著自己而覺得有什麼不對。現在他是男孩模樣，那麼性格表現得像個小男孩才不會引人注意。身為神陣靈魂的他，根本不在意人類對他的看法和目光。

「那，緋凰、蘭，我先走了。」君兒揮揮手，牽著男孩羅剎的小手一起離開了。

羅剎邊蹦邊跳的帶著君兒來到通往演武場前的小路上，他見四下無人，揚起一抹燦爛笑容，說道：「君兒，過段時間卡爾斯會來喔！」

「咦，老大要來？」君兒一愣，心情很是喜悅。她趕緊追問道：「紫羽也會來嗎？」

「紫羽？」羅剎裝可愛的一偏腦袋，說道：「是卡爾斯稱作『小羽毛』的那女孩嗎？如果是的話，他們會一起來沒錯。」

「太好了，老大要來！」君兒有些想念那位放肆狂妄的星盜老大。

羅剎金眸閃過一絲玩味光輝，繼續說道：「還有戰族也有人會來喔。」

聞言，君兒雖是一喜，卻心生困惑。為什麼那麼多人要來？

「君兒第一次就學，而且順利的通過期末考核，所以聽說戰族有人要來參加期末的校慶晚會，順便為君兒慶祝哦。」

羅剎笑得燦爛，然而君兒卻感覺有些不對勁。

戰族有人會來，會是無情爺爺要來看望她嗎？以往戰無情頗常傳些關愛慰問的訊息給她，但因為這段時間她太忙碌再加上精神恍惚的影響，與那位乾爺爺的聯繫就不如過去頻繁了，想起老人對她的關心，君兒忍不住感到溫暖。

大家都聚集了呢，君兒心中很是感動。唯一讓她遺憾的是自己的父母親不會出現。雖然這只是學習過程中的一個階段，還不是真正的畢業，但這卻讓她明白自己有多被那些愛著自己的人深深疼愛著。

「……謝謝。」君兒語出感謝，鼻頭感覺酸澀。

羅剎緊了緊握著君兒的手心，認真的望著她。

「雖然我們的父親大人與母親大人都還在沉睡，但請相信他們總有一天會回到我們身邊。妳不是一個人在戰鬥，還有我們陪著妳。」

君兒淺淺一笑，點頭。

她仰頭看著夜空上閃動的符文以及蒼穹上的微弱星光，不經意的想起不知何時在某本書籍上看過的一段話：

當妳無助的時候就抬頭看看天空吧。

白晝之刻，那柔軟的雲朵代表著所有愛著妳的人對妳的愛。

這份愛帶來耀眼的陽光，讓妳擁有能夠珍惜溫暖的勇氣；

這份愛灑落冰冷的雨水，讓妳擁有能夠面對嚴酷的堅強；
這份愛飄下潔白的落雪，讓妳擁有經歷苦難後仍能挺直腰背的柔韌。

夜晚時分，天上每顆閃動的星星都代表著一個人對妳的祝福。
當妳倍感迷惘時，星星會為妳指引前行的方向；
當妳絕望痛苦時，星星會為妳照亮希望的心燈；
當妳意欲放棄夢想時，星星會為妳喚醒深藏於心的執著火焰。

妳永不孤單。

今生的她還有機會站在這，真正要感謝的是牧辰星在最後許下的那份願望。
前世的牧辰星沒有夥伴、失去愛慕的對象、拒絕姐姐的情誼與對巫賢懷抱著悔恨傷痛，太多牧辰星沒能擁有的，今生她幾乎擁有了一切。
這一世的她，並不寂寞。

Chapter 125

緣分聯繫著彼此

就在期末考核結束以後，緊接而來的大事便是學院裡的校慶活動。

熱鬧的校慶將一連舉行三天。頭兩天從早上到下午時分，是由兩大科系共同舉辦各式各樣有趣的活動。最後一天晚上則是大型的校慶晚會，這是滄瀾城每年的盛大慶典之一。

在校慶期間學院將會開放，讓在異地求學的學子們可以與親人一同歡慶即將結束的這個學期。

緋凰除了阿薩特以外，其他親人早已辭世，所以對於校慶她倒是沒什麼感覺，三人中就屬她的情緒最為淡定平靜；蘭因為自己和紫羽是被親人賣回皇甫世家的，對那些貪財愛錢的親戚早就沒了感情，唯一讓她期待的只有表妹紫羽的到來；相比前兩者，君兒雖然父母不會出席，卻擁有最多關心她的人，這也讓她最期待這一次的校慶。

這段時間，滄瀾城的宇宙機場多了許多航艦，不少旅客及學生親屬紛紛趕往滄瀾城，讓本來熱鬧的城市更加車水馬龍。來往的旅客變多了，連帶也讓商家的生意跟著好了起來。

這天，宇宙機場降落了一艘普通平凡的行旅航艦。乘客們心中帶著喜悅與期盼依序離開航艦。一位睜著一雙大眼的紫髮少女好奇的四處張望著。少女那純淨的笑容，讓經過她身邊的人們總會不經意的面露微笑。她穿了件白色的及膝連身裙，裝扮的俏麗可人。

少女因滄瀾城的雄偉而驚呼連連，顯然是第一次來到這個頗具盛名的城市。

「小羽毛，別跑太遠。」

少女身後傳來了男子溫柔卻又略帶警告的話語，讓少女回過頭來親密的挽上男子的手臂。

男子一頭燦爛的金髮，秀氣娃娃臉上的翡翠色眼眸正無奈又寵溺的看著挽著自己手臂的少女。他一身休閒輕便的服裝，頭上戴著鴨舌帽，看起來是位單純來遊玩的旅客。

兩人親近的模樣不像兄妹，倒像一對熱戀中的男女。

「卡爾斯哥哥，滄瀾城好大喔！」紫髮少女就像個好奇寶寶似的，拉著男子的手臂搖啊搖的，眼眸閃亮。

這對男女便是卡爾斯和紫羽。

只是，若是君兒在此，絕對認不出這位男性是她過去熟悉的那位老大。卡爾斯身為世界有名的通緝要犯，要像普通人那樣的出行，必須稍微變化些模樣才行。

此時的他依然保有娃娃臉的容貌，然而透過遮掩面目的符文道具，他的五官因此變得比過去還樸素，再加上只要隱藏氣息、收斂星盜老大的壞脾氣，他笑起來活脫脫就是個爽朗的陽光男孩。至於名字？卡爾斯這名字又不是他獨有的，這個世界上叫卡爾斯的人多了是，所以他倒也不擔心。

「好期待喔，不曉得君兒她們好嗎？卡爾斯哥哥，之後你就會見到我的表姐蘭了，相信你會喜歡她的。」

紫羽想的天真，她單純的以為只要看她過得好，蘭就會對她和卡爾斯在一起的事情放心，卻忘了卡爾斯的身分牽扯太多、也太危險，就是不知道蘭在清楚生平最疼愛的表妹，愛上的竟會是一位惡名昭彰的星盜，會是怎樣一個表情。

聽紫羽說到那位很照顧她的表姐，卡爾斯只是輕挑劍眉，不發一語。對於那位未曾謀面的蘭，他會看在紫羽的分上給對方面子，跟她好好談談，但如果蘭不同意紫羽跟他在一起，他將會採取一些強硬手段。

儘管卡爾斯因為愛上了紫羽，脾氣收斂了許多，但星盜本質裡擄掠強奪的性格永遠不會改變。卡爾斯拉了拉鴨舌帽，調整一個能夠遮陽又不會遮蔽視線的角度，帶著紫羽走進了歷史悠久的滄瀾城。

不知道這一次霸鬼要他一定要帶著小羽毛出席滄瀾學院的校慶是為什麼？聽羅剎說，那頭悶騷的惡鬼還邀請了戰族一些與君兒親近的族人前來參加。且現下精靈王靈風據說也在滄瀾學院。

一想到那位慵懶又毒舌的靈風竟然成了精靈王，老實說卡爾斯實在難以置信。當永夜一族精靈王的模樣出現在新聞上時，星盜團裡那些與靈風關係不錯的星盜各個皆是愕然震驚，死活要讓這一次來滄瀾學院的卡爾斯向那位精靈王問個清楚。

大家都群聚於此，讓卡爾斯多少猜到了戰天穹這次私下邀約的目的。

「卡爾斯哥哥，這一次你怎麼會同意我來見蘭她們了呢?你明明之前都不肯讓我來找她們，為什麼鬼先生一聯繫，你就改口同意了?」紫羽好奇的問著，沒有像卡爾斯想的那麼複雜。

卡爾斯只是笑得神秘，「等到時候妳就知道了。」

忽然，天空飄來一大片陰影，竟是一艘體型龐大的戰艦自城上高空經過，將要抵達城外的宇宙機場。

看著戰艦艦身上烙印的家族族徽，有人驚呼出聲：「戰族!」

戰族極少出席滄瀾學院的校慶，又或者說就算出席也不會駕駛著戰族戰艦高調出現。此次戰族一反常態的直接將族中戰艦開來，是否表示著學院中有哪位戰族學子或教官，能讓戰族這樣的重視對待?

卡爾斯看著戰族戰艦往一旁的宇宙機場開去，嘴邊揚起一抹笑容。

「看樣子，那傢伙似乎開竅了。」要是以前，霸鬼要做什麼絕對不會與家族聯繫，如今他竟然特別要求族人出席這一次的校慶，可以說明至少他比過去稍有改變。

「什麼？」紫羽正專注的看著一旁攤販擺出來的符文小物品，一時沒注意到卡爾斯說了什麼。

「沒事。小羽毛喜歡這東西嗎？喜歡我買給妳！」卡爾斯見紫羽愛不釋手的把玩其中一個小物件，便直接掏出了錢包，幫愛人買下了那個便宜卻又小巧可愛的小飾品，直讓紫羽幸福的露出滿足的微笑。

看著總是這麼容易滿足的紫羽，卡爾斯只覺得內心被無與倫比的喜悅包圍。

他想，這就是幸福吧。

畫面回到宇宙機場，戰族的戰艦已經順利的停靠於地。幾位老邁的戰族人恭迎著一位容貌粗獷、體格健碩卻是面露不耐的男性離開了戰艦。

「拜託，我爹讓你們來學院你們就自己來嘛，我自己可以用空間瞬移直接去找爹啊，幹嘛一定要我陪你們來？我爹又不會咬人！」戰龍不爽的抱怨著。他被一群容貌蒼老的戰族長老包圍在中心，讓人不注目也難。

一旁的戰族族長戰無情無奈一笑，「龍大人，您也知道長老們這次接到鬼大人主動傳訊，沒驚喜的心臟病發就很好了。您就行行好，體諒長老盼望鬼大人主動邀請族人出席『那件事』的激動之情吧？畢竟這可以說是族中近年來最重要的大事件，長老各個吵著要以最高規格對待『那件事』，而您這位族中守護神更得做個樣子，好讓君娃兒知道我們對她的重視。」

「過去鬼大人並不承認自己是戰族的一分子，所以我們也拿他沒辦法，但現在既然他願意主動告知我們並讓我們參與『那件事』，也表示他已經開始釋懷過去，變相承認自己是戰族人了吧？」

戰龍嘴角抽了抽，卻是被戰無情說得啞口無言。

「我只是沒想到我爹喜歡小ㄚ頭而已。」戰龍語中有些感慨，要知道他以前曾經出過不少力為戰天穹牽線，但無一都是胎死腹中，妹有情郎無意啊！看他敬愛的老爹寂寞，身為兒子總不可能讓老爹難過一輩子吧？只是沒想到戰天穹會喜歡君兒那小ㄚ頭模樣的女孩。

後方一位長老若有所感，「但對方是……這樣真的沒關係嗎？」這位長老話語中有著擔憂，似乎覺得有些不妥。

「……羅剎說了，等你們看到爹現在的變化，就會知道有沒有關係了。」

那日老爹和君兒兩人在林間告白時他也在場，自然看見了老爹許久未見的溫柔一面。此後在戰族時，儘管老爹沒有在人前對君兒表示過親密，性格也一如過去那樣的冷淡，但相信這段時間他多

少會因為被愛著而融化了心中的冰冷吧。

「君娃兒是個好女孩，他們能遇上彼此或許是緣分的牽引吧。我明白長老們因先前的謠言而對君娃兒有所顧慮，但只要君娃兒能讓鬼大人再度展顏微笑、能夠放下傷痛，那無論她是誰都不重要。」

戰無情挺身為君兒說好話，語氣鏗鏘有力，直讓戰龍聽得連點頭。

「好啦，你們對君兒的了解也僅僅只是透過觀察，我煩了她很長一段時間，至少近身貼近過，對那小丫頭的了解搞不好比你們還多。以中立角度來說，君兒確實是個好女孩，認真有毅力、心智強大又堅守信念，而且她還剛中帶柔，或許真的有足夠強大的心智可以包容老爹的過去……」

戰龍邊說，身邊的幾位長老不約而同陷入深思。

戰族一行人來的不多，只有五位長老、族長戰無情以及守護神戰龍，其他長老因為得駐守戰族大城沒辦法前來，但卻足以表明戰族對此事的看重。

戰族一行人的高調出場吸引住了所有人的目光。尤其是戰龍的容貌幾乎是世人皆知，一時間宇宙機場竟因為戰龍的出現引來一片驚聲尖叫，很快便擁擠了起來！

「——我靠！早說我用瞬間移動嘛，現在這樣要怎樣出去啦！」

「龍大人，在人前要保持儀表氣質！別讓鬼大人看見你在新聞轉播上罵髒話！」

「我、我——」

戰龍的咒罵聲很快就淹沒在人群的喊聲之中……

＊＊＊

校慶前課程也正式結束，君兒見靈風難得有空閒時間，便告別兩位好友來找他談心聊天。

靈風依舊穿著正裝，此時卻很沒氣質的直接平躺在滄瀾學院中心高塔外的一處隱密的草皮上，蹺著二郎腿、手枕於腦後、嘴巴上還叼了片綠葉，慵懶閒散的曬著溫暖的太陽。

君兒坐在靈風一旁的大樹底下，兩手肘部撐在膝上，雙手捧著小臉，發著呆。

良久後，靈風見君兒找他卻是不發一語，終於主動開口打破沉默。「……很期待？」

「嗯，很期待啊。老大、紫羽，還有無情爺爺都要來，我好開心。」君兒有些羞澀的笑著，被人重視的感覺真好。

靈風的笑容不經意的擴大。要是君兒知道戰天穹的主意時，會是怎樣驚喜的表情呢？他和羅剎

在戰天穹主動邀請卡爾斯和戰族出席這次的校慶時，就多少猜到戰天穹在打什麼主意。他相信君兒會很開心的。

君兒注意到靈風隨後不再發言，趕緊補充：「靈風在我也很開心喔！這樣大家群聚一堂，我要把你介紹給爺爺認識，我有跟爺爺提過靈風的事情呢。」

「哦？讓我猜猜妳是怎樣說我的，八成是有位強大帥氣、人又幽默風趣的好哥哥是怎樣照顧妳的對吧！」

靈風嘿嘿直笑，說的話讓君兒忍不住噴笑出聲。

「靈風你少來了！不過，好久沒看見你這麼輕鬆的樣子了。」

靈風嘴邊的笑意淡了些。「因為我是精靈王，不得不收斂以前一些的懶散性子嘛。不過好在還有可以休息的時間。」

君兒語帶歉意的說道：「希望我沒打擾到你。」

「別那麼見外啊笨蛋妹妹，哥哥我隨時等妳來煩！」靈風忽然坐起身子，用沾滿了草屑的掌心揉亂君兒一頭烏黑髮絲，惹得君兒驚呼連連。

隨後，靈風忽然說道：「笨蛋妹妹，妳不覺得這個宇宙很奇妙嗎？本來不認識的人，因為各式各樣的事件而聯繫到了一塊。或許有些人只是生命中的過客，但每一個出現在我們生命中的人，都為我們的人生帶來不一樣的課題和指引……」

他再度躺回草地上，凌亂的瀏海底下，黑眸帶上了一絲認真。他難得溫柔正經的說道：「君兒，我很高興能遇見妳。」

不知怎的，君兒聽靈風這樣說，忽然心中浮現了淡淡的不安感受。

「如果沒有妳，我就不能從那個黑不啦嘰的地方逃出來啦！要知道外界多好，陽光、月亮、星星，各樣各樣顏色的動植物，比起『永夜之境』那個地方豐富太多了！」靈風語氣誇張的說道，讓君兒頓時忘了先前的不安，無奈一笑。

「所以說，緣分真的很奇妙！」靈風肯定的下了結論，害君兒有些哭笑不得。

「……這就是你的結論嗎？」

「當然。」

「我也是，我相信緣分將我們彼此聯繫在一起一定有其必然。我也很高興能認識靈風、認識老大、認識無情爺爺還有其他戰族人，我很感謝緣分讓我遇到緋凰和蘭、讓我遇見鬼先生……」

或許，她的母親之所以會認識前世的精靈王也有其理由吧。然而君兒卻沒將這句話說出口，她

知道靈風心裡還有結，必須自己去解開。

兩人不再言語，直到兩人前方出現一道天藍色的符文法陣，打破了沉默。

「君兒，卡爾斯到了！」男孩模樣的羅剎閃身出現，直撲君兒懷裡。

而被羅剎完全忽略的靈風絲毫不在意，他邊笑邊坐起身來。

「走，笨蛋妹妹，我們去見老大！」

「我先聯繫蘭，告訴她紫羽到了。」

＊＊＊

另一方面，戰天穹也接到了戰族通知他們已經抵達了的消息。

「鬼大人，我們抵達滄瀾學院了。」戰無情的聲音自光腦通訊中傳了出來。

「直接進入校內，然後到羅剎的中心高塔來。」戰天穹淡淡的給出了指示，內心卻不經意的有著一絲罕見的緊張。可惜他們這次的通訊並沒有投影彼此的畫面，不然要是戰無情看到戰天穹此時的神情，一定會非常驚訝。

「我要戰龍幫我準備的東西帶了嗎？」隨後戰天穹問起戰族此行最重要的事情，語氣忍不住帶上幾分急促。

聽他這樣詢問，光腦通訊另一頭在一陣吵雜後，戰龍的聲音傳了過來：「有、有！我準備好了，還是最高品級的包你滿意！只是，爹、呃、鬼先生，你確定這樣就好嗎？長老們說太樸素、太簡單、不能夠代表你的身分，不過我知道你有你的堅持，所以沒有讓長老們幫你亂改，我可是全程都在監管的喔，嘿嘿。」

他的語氣帶上了幾分希望被稱讚的意思。

「這樣就好，謝了……嗯，戰龍你這次幹得不錯。」戰天穹難得語出表揚，他可以很輕鬆的鼓勵自己的學生，然而對這位養子卻已是許久沒有稱讚過他了，這次鬼使神差的開口讚揚，自己竟覺得有些懷念。

「——我、我被稱讚了嗎？爹稱讚我！欸你們聽到沒，爹稱讚我！爹竟然稱讚我——！」戰龍激動的忘了更改對戰天穹的稱呼，直接在通訊另一頭大吼大叫著，可以見得這平凡的一句話對他有多衝擊。

「嗯咳！鬼大人，我們馬上到。」戰無情連忙搶過通訊，交代了一番後便中斷了通訊。不過可以想見通訊另一頭早因為戰天穹這平凡一句話而亂了套。

戰天穹苦澀一笑，沒想到自己忽然說出口的一句話，會引來戰龍那麼大的反應。他以前究竟忽略這位養子多久了？讓他只是被這樣簡單稱讚，就高興成那樣。

只是想著、想著，他嘴邊忍不住浮現一絲惆悵。如果他的父親也願意這樣簡單稱讚他一句話的話……算了，故人已逝，哪怕有再多遺憾也無可彌補了。

他甩開心中思緒，開始期待起戰龍為他帶來的成品。

Chapter 126

戒斷情永存

「紫羽！」

蘭一看見跟在一位陌生男性身旁的紫髮少女，登時淚光滿盈的大喊出聲，衝上前去，將那同樣喜極而泣的少女張手擁進懷裡。

「嗚啊——笨蛋笨蛋，我擔心死妳了！」

「蘭，我也好想妳……」

紫羽又哭又笑的抱著久違的表姐，兩人就這樣在人來人望的學院裡大哭出聲。

好在滄瀾學院的學生大多都是異鄉遊子，與親人久別重逢，情緒激動落淚的情況比比皆是，旁人只是微笑看待，倒沒有多加關注。

緋凰身邊站著衣裝筆挺的兄長阿薩特，他正一臉嚴肅的打量著原先陪在紫羽身旁的娃娃臉男子。長年傭兵生涯的直覺告訴他，這名看似無害的男子絕對不是尋常人。

緋凰倒是沒想那麼多，她走到卡爾斯面前，有禮的自我介紹道：「這位是卡爾斯先生吧？這段時間勞煩你照顧紫羽了。我是紫羽的朋友緋凰，那位是紫羽的表姐蘭。」

比起緋凰的賢淑有禮，卡爾斯雙手抱胸，嘴角微揚，絲毫不掩飾眼中的打量，直直的看著緋凰。不過僅僅片刻，他就移開了目光。他只是對著緋凰點點頭，打了個招呼，隨後目光便轉而落在紫羽身上。

卡爾斯提醒道：「小羽毛，要敘舊之前，我們先去找君兒吧？等人都到齊了，妳們要聊多久都可以。」

「好。」紫羽自蘭懷裡抬起頭，抹抹眼淚，就這樣直接挽著蘭的手，要和蘭一起去找君兒。

看著這一幕，卡爾斯嘴角扯了扯，露出一抹不悅的神情，不過隨後就恢復原貌。看到紫羽和表姐分離兩年多的分上，這段時間就隨她去了。

很快的，幾人來到約定好的學院中心高塔附近，順利見到了君兒和靈風。讓緋凰和蘭訝異的是，沒想到精靈王靈風以及「陣神滄瀾」羅剎竟然也認識卡爾斯，而且關係似乎還不錯——這不由得讓緋凰猜測起了卡爾斯的身分。

卡爾斯認識君兒就算了，他跟鬼教官是友人，也許跟君兒早就見過面了，但是為什麼連「陣神滄瀾」和那位第一次出現在人類世界的精靈王，竟然也與他熟悉的像是認識了許久的老友一樣？

「老大！」君兒驚喜的迎上卡爾斯。

「唷，老大，看你氣色不錯，想來你最近過得不錯吧？」靈風邊笑邊打招呼，同時跟卡爾斯對了對拳頭。

「哼，卡爾斯，你打賭輸了的星力源礦哪時候要給我？」羅剎在一旁氣呼呼的說著。

聞言，卡爾斯尷尬的嗆咳了聲：「就……你知道戰備時期資源比較吃緊嘛！不過我是一定會給你的，以我冥——卡爾斯的名字發誓！」

卡爾斯差點就在外人面前說出自己的稱號，靈風倒是很知趣的接話，擾亂外人的猜想。

「好啦，在外面不好說話，不如我們進高塔裡頭吧？」靈風看了看羅剎，羅剎便招呼著眾人進入高塔之中。

隨後戰族也抵達了高塔，卻是進入與羅剎等人所在不同的房間裡，見到了等候其中的戰天穹。

「鬼大人。」長老們面露欣喜，卻不敢逾越了規矩。

戰天穹向長老們輕輕點頭後，看向了正在傻笑的戰龍。戰龍樂呵呵的抬手撓著後腦勺，然後在戰天穹越來越冷的瞪視下這才撇了撇嘴，將他交代的東西交了出來。

那是一個只有五公分見方的深紅色絨布盒。

戰天穹默默接過，在開啟絨布盒瀏覽了裡頭的物件一會，很是滿意的點點頭。

戰龍嘿嘿直笑著，沒有忽略養父眼中的情緒變化。

戰天穹隨後收斂了情緒，開始與族人談起了這次要他們前來的目的。

一段時間過去，幾人稍加談論過後，戰天穹便讓長老各自去與學院中與戰族後輩見面、慰問關心一下小輩們的學習狀態，自己則帶著戰無情還有戰龍，來到羅剎的招待室裡頭。

戰無情一進招待室，先是和羅剎恭敬的打了個招呼，接著在看見比之前更成長的君兒，登時眼睛一亮，直接走上前抱住了君兒，笑得很是慈愛。

「哦呵呵，君娃兒，一段時間沒見，爺爺想妳了。」

「無情爺爺。」君兒甜甜的喊著，回抱著這位待她如親生孫女的慈愛老人。

戰龍在此時輕咳了聲，湊到君兒身旁，「欸，魔……我是說，君娃兒啊，看到長輩怎麼可以不打招呼呢？」他挺起胸膛，臉上就差沒直接寫著「快來拜見」的文字了，表情之有趣逗得君兒噴笑連連。

「哪裡有長輩？爺爺就是長輩啦！」

「嘿，妳以後就是咱們戰族的人——咳咳咳，好歹妳喊戰無情一聲爺爺，那我身為戰無情的長輩，也應該要受到同等對待吧，喊聲祖爺爺來聽……」戰龍話說到一半，便被戰天穹冷冷一瞪，硬是改口。

君兒眉一挑，卻笑說：「我只認爺爺是爺爺，戰龍你別想占我便宜！」她與戰龍同輩相交，自然不會被戰龍這樣唬過去。

「那好歹叫我一聲哥哥吧？」戰龍不滿的要求著，然而這句話卻惹來在場兩位男性的抗議。

「我才是君兒的哥哥，你們全閃邊去！」這話是羅剎喊的。

「哼哼，羅剎弟弟，君兒可沒承認你是正牌哥哥喔！要知道，現在被君兒承認的只有我這位正牌哥哥，兩位盜版的請去旁邊玩沙。」靈風皮笑肉不笑的湊著熱鬧。

「靠，為啥妳憑空多出了那麼多哥哥！我才是正牌的好嗎？」戰龍眉一蹙，不願意就這樣落於人後。

「統統不要吵，全部喊我老大就好！」

「卡爾斯你別來鬧！」

戰天穹依然沉默，他站在一旁看著君兒笑容燦爛的模樣。

招待室因為大夥心情喜悅而顯得熱鬧。

但是眼前幾人的熱絡，卻讓緋凰、蘭還有阿薩特感覺有些格格不入。除了身為戰族族長的戰無情與擁有守護神身分的「戰神龍帝」戰龍之外，再加上「陣神滄瀾」羅剎也在場，讓她們拘謹得不得了。幾位大人物的聚集，不是為了別人，而是為了君兒，或許君兒並不在意這些人的身分，但緋凰她們很在意！

最後緋凰和君兒約好之後再碰頭，便帶著紫羽偕同蘭與阿薩特一起離開了。

在緋凰等人離開以後，幾人之間的互動更加熱絡，沒了外人，他們紛紛放開拘束，暢快攀談。

＊＊＊

校慶就在這樣熱鬧溫馨的氣氛中開始了。

君兒先是和緋凰、蘭、紫羽三人一起逛了街，彼此談著各自的近況，還順便去參觀學院兩大類組共同舉辦的活動。接著，君兒又陪著爺爺戰無情和幾位戰族長輩喝茶，面對長輩，君兒總是嘴甜又討人喜歡，很快就讓對她心懷芥蒂的戰族長輩甩開質疑，一個比一個還喜歡這個認真又溫柔的少女。

靈風雖然想利用與卡爾斯同樣遮掩面貌的符文道具，改變容貌外出逛街，但由於他始終堅持額前瀏海不變，再加上符文道具能改變的程度有限，還是容易讓人認出身分。最後他只好眼巴巴的看著君兒和卡爾斯外出，自己乾瞪眼。

快樂的時光總是過得特別快，一轉眼便到了校慶晚會了。

在這個特別的節日裡，男女紛紛穿上正裝，出席這次的晚會。

學院裡有個傳說是，只要在學院這個特別的日子中告白成功的男女，會受到永遠的祝福並且相愛到永遠——儘管只是傳言，倒是有許多學生信以為真，選擇要在今天對愛慕對象表明自己的一顆真心。

君兒心想自己已經有戰天穹了，這一次不需要特別裝扮，只打算穿著學生制服出席，卻硬是被與羅剎串通好的緋凰和蘭推去換裝，愣是穿上了一襲不知何時訂做出來的深色禮服。

儘管比過去在皇甫世家穿過的華麗禮服較為素雅，但君兒卻很喜歡這套朋友們為她特別訂做的黑色禮服。黑色，令她想起了那場讓她逃離皇甫牢籠的惡夢婚禮，但好在，那場夢永遠的醒了。

晚會開始以後，四位女孩聚集在寬敞的禮堂一角，談笑連連。

甩開了皇甫世家的限制，她們終於能夠自由展現真實的自己。

「對了，紫羽，今天晚點時間要介紹一個人給妳認識。」蘭滿臉笑意的說道，同時和緋凰使了個眼色。

君兒見緋凰與蘭兩人目光交會，馬上就猜到兩位好友在打什麼主意，登時柳眉一蹙。她知道緋凰兩人想要邀請紫羽加入「九天醉媚」的這件事，然而，卡爾斯會允許嗎？但她沒有多說些什麼，更沒有警告紫羽，全看紫羽自己最後的決定。

時間漸晚，緋凰向蘭使了個眼色，蘭會意的點了點頭。

兩人帶著紫羽走向君兒。緋凰一臉笑意的拉過了君兒，說道：「君兒，會場有點悶，我們去外頭的花園散散心吧。聽說今晚的月亮很美哦。」

「好。」君兒點點頭，倒是絲毫不留念會場裡的熱鬧。畢竟，想來戰天穹也不會出席這種熱鬧場合，她也不願花時間多留，出去逛逛也好。

禮堂外的公園此時聚滿了人潮，就當君兒以為緋凰決定要在公園休息時，緋凰卻帶著君兒繼續前進，走向了更遠的另一處公園。那處公園由於距離較遠，一路上人煙漸少，直到四人抵達時，幾乎沒有再看見來往的人群。

「咦？」君兒看見公園入口處正站著一位自己熟悉的人，她面露訝異的問道：「老大，你怎麼在這裡？」

卡爾斯依舊是那套休閒服，手上拿著一朵美麗的紫色玫瑰。見君兒一行人抵達，他便露出一抹笑容來。

「等妳啊。」卡爾斯說道。

緋凰在此時緊了緊拉著君兒的手，望著她，「君兒，我們就送妳到這裡囉。等會見。」

蘭笑容燦爛的與君兒揮手，也同樣說出「等會見」的話語來。

唯獨紫羽感到茫然，不解發生了什麼事，隨後便被蘭和緋凰帶往公園的另一邊方向，讓君兒獨自面對卡爾斯。

「這是……？」君兒疑惑的看著卡爾斯，聰穎的她聯想到了這一次大家的出席，還有戰族長老們特別前來滄瀾學院的舉動，忽然明白了些什麼。她在先前與無情爺爺聊天時，從爺爺口中得知，學院校慶一向都是由普通的戰族人出席。但這一次卻一反常態的由戰族長老出席，再加上那些長老……君兒的心忍不住顫了顫。

卡爾斯神秘一笑，遞過了那朵嬌豔的紫色玫瑰。「之後妳就知道了。這朵玫瑰送給妳，同時送上我的祝福——只要堅持，奇蹟就會出現！還記得我們第一次見面時，妳堅強的信念嗎？希望妳能夠繼續堅定妳的信念。」

君兒愣愣的接下玫瑰，眼眶浮現了澀意。

「繼續前進吧，下一個人在前面等妳。」卡爾斯輕拍了拍君兒的肩，讓過了公園的入口，指引君兒繼續前進。

「老大，謝謝。」

「跟我生分什麼啊，都喊我老大了，老大自然要關愛手下的啊！好啦，快去吧。」卡爾斯催促著君兒，將她推進了公園入口處。

君兒拿著一朵紫玫瑰繼續前進，不久後，她在公園一處看見了手上同樣持著一朵紫玫瑰的靈風。靈風手持那朵嬌豔玫瑰，對著君兒露出了難得溫柔的笑容。

「笨蛋妹妹，這給妳，送上我的祝福——無論面對何種苦難，也不要放棄心中的希望。在創造奇蹟之前，請先相信自己的存在便是最大的奇蹟！」他走向前，將玫瑰送到君兒手上，同時俯身在感動得不能自已的君兒額上落下輕輕一吻。

隨後靈風比了個噤聲手勢，被微風輕輕吹起的瀏海遮掩不住他帶著笑意的眼。「別告訴別人我偷親妳啊，被知道的話我會變成公園裡的肥料的。這是哥哥的祝福之吻，要幸福，知道沒有？」

看著靈風逗趣的表情，君兒噗哧一笑，原先酸澀感動的心情瞬間淡去。

「好，我會幸福的，一定！」

告別了靈風，君兒接下來遇見的是先前分離的緋凰三人，她們手上也都各自拿著一朵玫瑰。

「嘿嘿，今天是不是很驚喜啊？」蘭擠眉弄眼的對著君兒說著，和其他兩人一起遞過玫瑰。

「君兒……」紫羽一反先前的困惑，此時的表情是驚喜。

緋凰在此時站前了一步，對著君兒說道：「嗯咳，現在由我說出我們三人的祝福——君兒，我們是永遠的朋友，無論身處何地、在什麼時候，我們都會永遠的祝福妳。我們對能夠與妳相遇的這件事感到感謝，妳的堅強讓我們成長了許多，謝謝妳。」

緋凰三人目送君兒離開，就在此時，蘭輕輕一嘆。

「我一直擔心君兒跟鬼先生在一起會不幸福，不過他竟然會選擇用這種方式跟君兒求婚……嗚啊好浪漫喔！如果有人這樣向我求婚，我一定馬上嫁給他！」

「確實，我原本也想鬼先生是個只懂得修煉、不懂得情趣的男人呢，所以當他私下找我們出來，告訴我們這個計畫的時候，我真的超驚訝的。蘭妳還記得當時鬼教官的表情嗎？這是我第一次看見他面露尷尬，比起以前冷冰冰的模樣人性多了呢！……或許這就是愛情的力量吧。」緋凰跟著說，語氣很是感慨。

紫羽是剛剛才得知這個計畫，因為她太單純，若是一開始就告訴她的話，她的天真很容易洩漏戰天穹這次刻意安排的計畫。

紫羽雙手交握胸前，望著君兒離去的方向，心中只有滿滿的祝福。

「君娃兒。」戰無情慈愛的呼喚著眼前朝他走來的君兒。

那一襲黑色的禮服突顯了君兒穠纖合度的身材，一頭純黑色的髮絲挽起，為她添了幾分嬌媚。戰無情看得滿意，他身旁的戰族長老們也是。

「來，這花給妳。」

由戰無情開始，長老們也一一遞過了玫瑰，讓君兒手中捧著的玫瑰花更多了，聚集在一起的紫色玫瑰，看起來簡直就像是新嫁娘的捧花一樣。

戰無情上前抱了抱君兒，同時說：「現在送上爺爺還有長老們的祝福——君兒妳是個堅強又溫柔的好女孩。希望妳以後能夠繼續保持這樣的溫柔。鬼大人他過去經歷了太多事情，他其實是個比誰都還渴望被愛、被包容的男人，自從他遇見妳以後，本來冷漠的神情變得柔軟，這一切都是因為妳的出現，帶給了他曾經沒能得到過的愛……我們戰族的鬼大人就交給了妳。」

「鬼大人就交給妳了。」

「請妳包容他……他經歷了太多、太多了。」

其他幾位長老也跟著開口，全是對戰天穹的不捨。那位千年以來為家族付出了何其多的不老前輩，終於能夠圓滿心中缺憾，讓他們光是想起，除了感謝再無其他。

而看著這一幕，君兒慎重的點點頭，「我會照顧他的。」

君兒邁開腳步向前行，心也隨著見到一位位自己認識的人以後，漸漸加快了跳動。

然後，當她在公園的林道中走著的時候，一旁的樹梢上突然傳來了喊聲。

「嘿，魔女！」

聽這熟悉的聲調與稱呼，君兒停下了腳步，沒好氣的往樹梢上看去。

戰龍半靠在樹頭，見君兒到來，這才坐起身、輕鬆的跳落地面。

「吶，花給妳。」戰龍很是直接的把玫瑰塞進了君兒手中，同時上上下下打量著她，然後一嘆。「我以前沒想過爹會喜歡妳這樣的小女孩……以前我還拚命找成熟女性跟他相親呢！……事後我總是被爹暴打一頓。」

君兒一愣，頓時好氣又好笑的看著戰龍。

隨後戰龍抬手撓撓頭，露出了有些靦腆尷尬的神情來。「那個，可不可以跟妳談件事？爹喜歡妳，而我又是爹的養子，以後我可不可以不要喊妳『媽』，我們平輩相稱好嗎？」

「嗯，好啊。畢竟戰龍你若是那樣稱呼我，也會為我惹來不少麻煩的。」

君兒諒解的同意了戰龍的要求，兩人相視一笑。

「那麼，我祝福妳——嗯，欸……靠！早知道就聽無情的話，拿他們幫我想好的祝福詞了，現在一時要我想，忽然不知道要說啥才好！那、那就祝妳和爹百年好合、早生貴子、海枯石爛、比翼雙飛、心心相印！」

……海枯石爛好像不是這樣用的吧？君兒哭笑不得的想著。

戰龍推著君兒前進，「好啦，下一個是羅剎了，快去快去，別讓爹久等。」

羅剎這一次以男人的模樣出現在君兒面前，讓隨後到來的君兒輕顰柳眉，但一看見羅剎神色慎

重，她便放下了對羅剎這副模樣的防備疏離。

羅剎帶著歉意說道：「抱歉，君兒，父親大人和母親大人沒能夠甦醒，所以只能由我為妳獻上祝福了。很抱歉，我們在妳生命的前半段沒能陪在妳身邊，但請相信我們所做的一切都是希望妳能夠幸福……」

他將手中玫瑰交給君兒，然後將君兒輕輕抱進懷裡，就怕壓壞了她手上捧著的玫瑰。

「活下去，成為希望，成為職掌奇蹟的『星星魔女』。這一生的妳擁有很多人的愛，妳也懂得珍惜與堅強。哥哥我祝福妳可以超越命運，擁抱前世不能得到的幸福奇蹟！」

羅剎的體溫略顯冰涼，但君兒卻覺得他的擁抱無比溫暖。這是她的哥哥啊！那份靈魂中的聯繫感是真實存在的，她可以感覺到羅剎這段話中的真誠與祝福。

羅剎隨後鬆開擁抱，微笑的看著君兒。「霸鬼在前面等妳，去吧。」

想到先前人們對她的祝福與關愛，君兒心裡早被滿滿的幸福包圍了，溫暖的感受讓她繼續向前邁進。

然後——就在公園深處的一處空曠的小廣場中，月光灑落，照耀在背對著她的赤髮男子身上。

「紫玫瑰的花語是『永恆的愛』。」

戰天穹喃喃說道，讓聽聞此句的君兒訝異的低頭看了看手上捧著的紫玫瑰花束，臉龐瞬間渲染上一層美麗的緋紅色。

他轉過身，緩步朝君兒走來，臉上沒了冰冷，只有唯獨在面對君兒時才會展露的溫柔。

當戰天穹站定在君兒面前，他望著手捧紫玫瑰的君兒，彎起一抹笑。

「我一直對在皇甫世家時妳為他人披上嫁衣的事情留有遺憾，但現在，我希望這一次妳能為我穿上婚紗，在眾人真心的祝福下，成為我的新娘……過去那留在妳記憶中的惡夢，我想用幸福的記憶將它蓋過。」

君兒望著戰天穹那雙火熱的赤眸，再一次為這樣的他，心悸動不已。

「這段時間噬魂和我的融合也告一段落了，我決定鼓起勇氣，趁著這次校慶晚會做一件我一直以來沒辦法下定決心去做的事情。」

戰天穹邊說，邊在君兒面前慎重的屈膝半跪。而不知何時，先前為君兒送上祝福的所有人都默默的來到了他們後方，觀看這次戰天穹為君兒特別計畫的求婚儀式。

戰天穹拿出一只紅色絨布的小盒，取出了裡頭設計精緻的戒指。

銀色為底的戒指線條柔美雅致，中心點綴著一顆閃動著夢幻光澤的紫色寶石，精雕成細小珠玉的珍珠點綴在寶石周圍，一條如流星般的銀紋自紫寶石旁延伸而出，末端點綴著一顆燦亮如星的寶石，為這典雅的戒指多添了幾分溫柔可人的俏皮之感。

「君兒，我愛妳，嫁給我好嗎？」

沒有華麗的言詞、沒有奢侈的許諾，這樣簡簡單單的一句話，讓君兒瞬間眼淚潰堤。

「快、快說嫁給他啊！」蘭在後面嚷嚷著。

聽著身後傳來的騷動，君兒抹去了眼淚，綻放了一抹令人驚豔的幸福笑容。

當君兒羞怯的輕輕點頭，答應了戰天穹這突來卻又驚喜的求婚，後方的人群爆出了歡呼聲。

「快戴戒指——」

「親一……靠！誰啦？高跟鞋踩到我了！」

戰天穹維持著半跪的姿勢持起君兒的左手，輕輕落下親吻。

「這顆紫鑽戒指象徵我對妳永恆的愛。」

然而，就當戰天穹正欲替君兒戴上戒指時，卻發生了意外——那原本設計牢固、打磨的燦亮的紫寶石，竟然就在要戴上君兒左手無名指的瞬間，裂了！

戰天穹的神態瞬間轉為凜冽、愕然，顯然沒料想到那本來堅固的戒指會出這樣的疏漏，明明先前檢查時沒有問題的！

一直關注著兩人的眾人也是瞬間沉默，而負責監製這枚戒指的戰龍更是鐵青了臉色。

男方為女方戴上戒指的動作就這樣僵直在那，本來美好的氣氛因為這突來的變化而在剎那變得沉重壓抑。

求婚戒指主鑽半裂……這是多麼一個不祥的預示啊！

君兒也是愣住，卻主動伸手讓那主鑽半裂的戒指順勢套進了左手無名指。

「我愛你，我也相信你會給我幸福。」她收回手，將套著戒指的左手放在心口處，面容溫柔且滿足，似乎沒有因此受到影響。

「抱歉，君兒我……」戰天穹站起身子，痛苦的看著她手上的主鑽半裂的戒指，氣憤卻又懊惱，沒想到原本計畫好的求婚竟然會在最後出這種意外。

「天穹，我愛你，你愛我嗎？」君兒睜著一雙清澈的眼，眼底星光燦爛，她滿是柔情的望著眼前有些侷促的男子，輕聲問著。

「……是的，我愛妳。」戰天穹深吸口氣，隨後堅定回道。

「那麼就沒什麼能阻擋我們相愛的了。這只是一個儀式，並不代表我們的未來。謝謝你的安排，前面大家為我送上的祝福已讓我很開心了，謝謝你對我的愛，能夠擁有你的愛，我很幸福。」

君兒幸福的笑著，眼角含淚，在這瞬間綻放出的美，怕是戰天穹也永生無法忘懷這最美的一幅畫面。他上前將君兒緊擁入懷，若不是君兒眼明手快，差點就讓他壓壞了手中美麗的紫玫瑰花束。

後方的人群看著這幅畫面。

月光灑落在那彼此相擁的一對男女身上，美得好似一幅只存於仙境中的畫面……

或許戒指的意外是某種來自於宇宙的警告，但相信只要他們彼此相愛，永遠不放棄心中的希望，那麼一定能夠打破那不祥的未來！

《星神魔女06》完

敬請期待更精彩的《星神魔女07》

飛小說系列059

星神魔女06
許諾*一生一世

出版者■典藏閣
作　者■魔女星火　　繪　者■多玖實
總編輯■歐綾纖
製作團隊■不思議工作室
郵撥帳號■50017206 采舍國際有限公司（郵撥購買，請另付一成郵資）
台灣出版中心■新北市中和區中山路2段366巷10號10樓
電　話■(02) 2248-7896　傳　真■(02) 2248-7758
物流中心■新北市中和區中山路2段366巷10號3樓
電　話■(02) 8245-8786　傳　真■(02) 8245-8718
ISBN■978-986-271-362-4
出版日期■2013年7月
全球華文國際市場總代理／采舍國際
地　址■新北市中和區中山路2段366巷10號3樓
電　話■(02) 8245-8786　傳　真■(02) 8245-8718
新絲路網路書店
地　址■新北市中和區中山路2段366巷10號10樓
網　址■www.silkbook.com
電　話■(02) 8245-9896
傳　真■(02) 8245-8819

☞您在什麼地方購買本書？☜

1. 便利商店（________市／縣）：☐7-11　☐全家　☐萊爾富　☐其他________

2. 網路書店：☐新絲路　☐博客來　☐金石堂　☐其他________

3. 書店（________市／縣）：☐金石堂　☐誠品　☐安利美特animate　☐其他________

姓名：________地址：________________

聯絡電話：________　電子郵箱：________________

您的性別：☐男　☐女　　您的生日：西元________年________月________日

（請務必填妥基本資料，以利贈品寄送）

您的職業：☐上班族　☐學生　☐服務業　☐軍警公教　☐資訊業　☐娛樂相關產業

☐自由業　☐其他________

您的學歷：☐高中（含高中以下）　☐專科、大學　☐研究所以上

☞購買前☜

您從何處得知本書：☐逛書店　☐網路廣告（網站：________）　☐親友介紹

（可複選）　☐出版書訊　☐銷售人員推薦　☐其他________

本書吸引您的原因：☐書名很好　☐封面精美　☐書腰文字　☐封底文字　☐欣賞作家

（可複選）　☐喜歡畫家　☐價格合理　☐題材有趣　☐廣告印象深刻

☐其他________

☞購買後☜

您滿意的部份：☐書名　☐封面　☐故事內容　☐版面編排　☐價格　☐贈品

（可複選）　☐其他

不滿意的部份：☐書名　☐封面　☐故事內容　☐版面編排　☐價格　☐贈品

（可複選）　☐其他

您對本書以及典藏閣的建議________________

____

____

✌未來您是否願意收到相關書訊？☐是　☐否

✎感謝您寶貴的意見✎

印刷品

$3.5
請貼
3.5元
郵票
不思議信箱
FUSIGI POST

235 新北市中和區中山路二段366巷10號10樓

華文網出版集團 收

（典藏閣－不思議工作室）

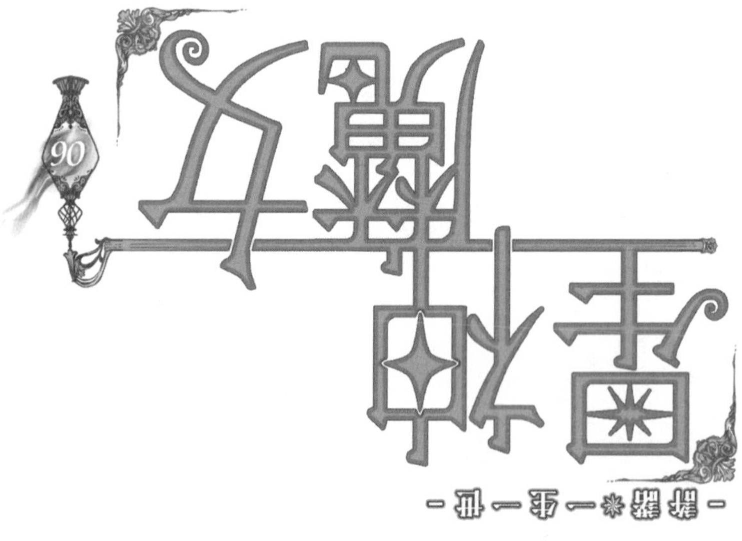